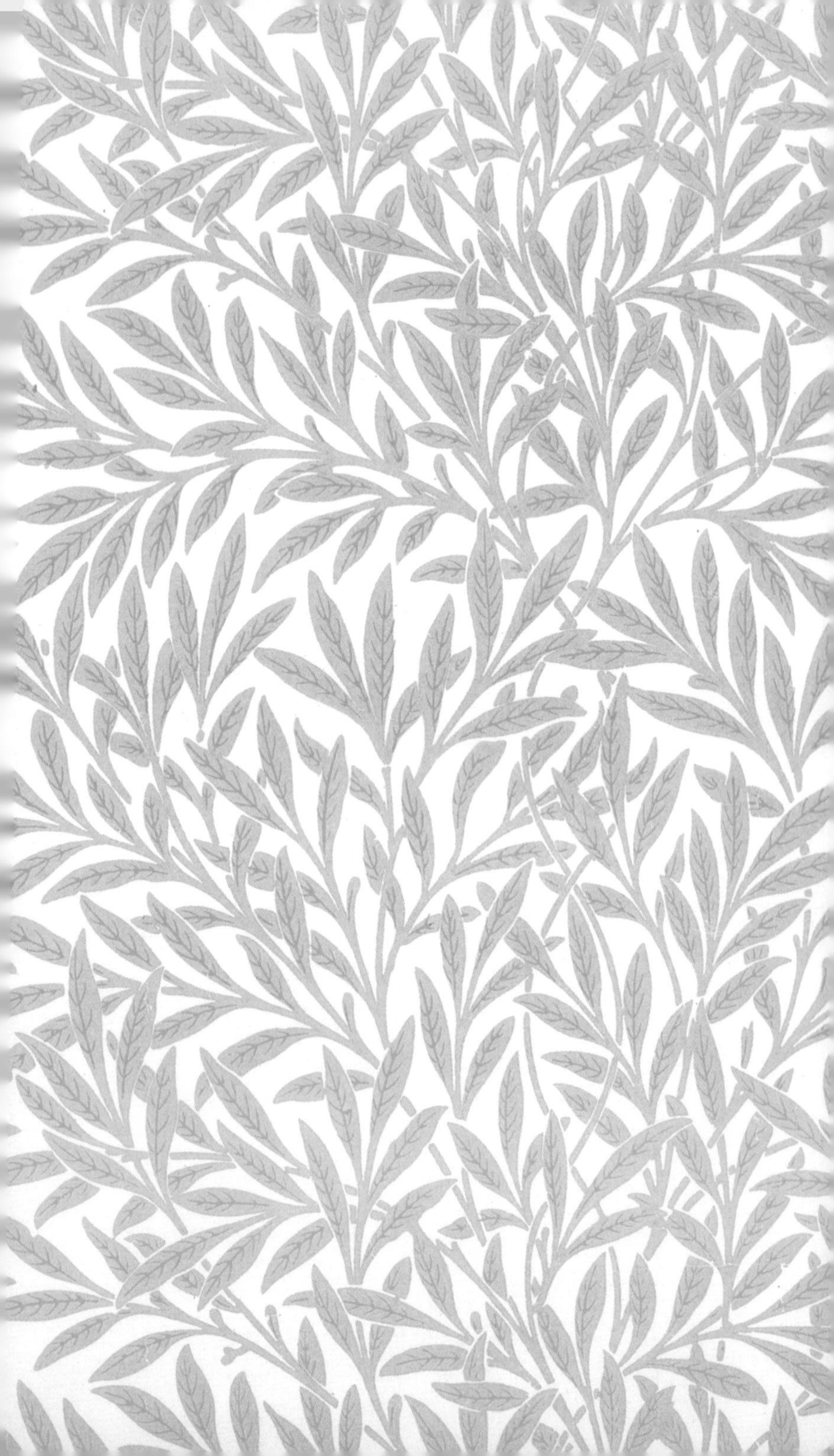

三民叢刊 207

靈台書簡

劉紹銘 著

三民書局印行

再版序

除了第五、六輯，收在《靈台書簡》的文字，大部分是我多年前在台灣的《中國時報》和香港的《明報月刊》發表過的雜文。牛車水是新加坡出名的市集。馬料水是當年香港中文大學附近一個景點。我曾任職中文大學和新加坡大學。

在「後現代」的今天，散文與雜文這兩種原來別有所屬的文體，早已互通聲息，不分楚河漢界了。但在魯迅活躍的時代，雜文這「東西」，看來不是一種法定的廟堂文類。且聽他怎麼說：「我知道中國的這幾年的雜文作者，他的作文，卻沒有一個想到『文學概論』的規定，或者希圖文學史上的位置的，他以為非這樣寫不可，他就這樣寫。」

照這樣說，單就格式而言，雜文的確可以隨心所欲。散文當然一樣可以依個人衝動，覺得非這樣寫不可，就這樣寫。但對老一輩的讀者來說，散文二字總多少帶有先入為主的聯想，跟清風明月意象或溫柔婉約感性結了不解緣。

「靈台」的本義是「心」。用英文來說，「靈台書簡」就是 mental notes。這些 notes，如以書信體出之，相當於未投郵的信件。集內兩輯文字以「書簡」為名，就是這個由來。但集內文章不論何種體裁，內容均沾滿人間煙火。不少篇章，單看題目，應知與「散文」無緣。冰心也好，朱自清也好，大概不會以〈空中奶奶〉或〈無痛死法〉這種話題來做「話語」的。

把《靈台書簡》各輯文字一概以「雜文」視之，還有一大理由：因為話題「雜」得可以。第一至第三輯是讀書隨筆。第五輯是特為新版而添上的新稿。〈你一定要愛英文〉。為什麼？無他，只因為英文是〈口袋的語言〉，因此是〈吃飯的工具〉，與我們的生計密不可分。教書生涯過了整整四十年，「誨人不倦」的老脾氣改不了，幸好有魯迅的話作幌子，讓我可以打著雜文的招牌，名正言順的說：這些文章，都是我認為非寫不可，所以就這樣寫了。

二〇〇四年十二月二十七日於
香港嶺南大學

原序

本集子所收的文章，都是我一九六八年冬開始，斷續在港台二地報章雜誌上發表過的。依我個人寫作習慣，每於文後附上原載刊物的名字和出版日期。可是近兩年來，由於港台二地朋友的安排，許多文章，都有「港版台版」的出現。這一來，就正身難驗了。幸好這些零碎的東西，只是我個人近四年來心靈活動的一種紀錄（因名「靈台書簡」），既不是詩歌，也不是小說，更無意給「後人」研究之用，因此，那一個時期脫稿的，也就無所謂了。

還有一點要說明的是，這集子的第四輯「雜文」部分，其中有不少是以筆名發表的。每個人用筆名發表東西，都有個原因的，我不例外。對我說來，用筆名發表東西，有一種戴了假面具到化裝舞會去狂歡的痛快感。另外一個原因是「童心」作怪，「看，我又改了一個筆名，一種身分，一種新文體，看你這回認不認得我。」

令我大樂的是「楊百勇」這筆名居然瞞倒了兩位幾乎是日夕見面的新加坡大學同事。有一次，楊百勇的〈新加坡日記〉（現易名為〈古龍水與「暗香盈袖」〉）出現了，一位哲學系的同事興沖沖的跑來說：「喂，我查出來了，楊百勇是台灣來的，現在南洋大學，我們幾時約他出來吃飯，好不好？」

百勇兄現在既然露了身分，從此可收山了。而我自己，今年八月，要重返美國吃馬鈴薯去了。既在吃馬鈴薯的環境生活，總得要寫些給吃馬鈴薯人看的文章，今後是否仍有空暇，再參加我上面所講的化裝舞會，實屬疑問。現在還未到收拾細軟的時間，已覺得有點臨別依依了。

最後，我要借此機會，向刊登過這集子內文章的《中國時報》、《明報月刊》、《南北極》、《純文學》和現已停刊的《大學生活》各負責人致謝。

一九七二年四月十八日新加坡

靈台書簡 目次

【第五輯】你一定要愛英文

【第一輯】

靈台書簡

致何索書

何索先生：

譯完你的書——其實，我只能說譯完你半本書，因為後一半是顏元叔譯的，他還給你老人家寫了個序呢——也染上了你的習慣，那就是，喜歡隨時隨地在腦子裡給人家寫信。這習慣其實很好，既省紙張，又免郵費，更可神遊古人，廣交古今美人豪傑，不亦快哉。在鐵幕國家、竹幕國家、煙幕國家居住的人，更應多多在腦袋中寫信，把迫害他們的政府和官員，在心裡折磨一番，這樣子就可以保持精神健康。

即使在自由的社會中，mental notes ——姑讓我改稱為「靈台書簡」吧——亦有益心理衛生，因為人與人之間的關係，有許多事，雖親如父子夫婦兄弟亦難於啟齒的，譬如說：

太太：

新鮮的石斑魚，是要清蒸吃的好，我已經不知對你說過多少次了，你老是把鮮魚當作回鍋肉來處理，真是褻瀆神聖，還問我燒得好吃不好吃，我說好吃，是埋沒良心，說不好吃，你又要鬧罷工……你媽媽菜燒得這麼好，你明知將來要嫁人的，為什麼婚前你不好好的向你媽媽學習？……。

親愛的約翰・牛先生：

聽說你又升官了。他媽的，你們英國佬雖然在新加坡和馬來亞給人踢著屁股走出來，在香港，卻可呼風喚雨，騎在我中國人民的頭上，給那一班患了軟骨症的文化買辦膜拜……

××兄：

聽說你被香港某雜誌選為「十大悶人」之一，心中替你難過，但又覺得這對你是一件好事。老兄是聰明人，世故又深，但正如世上許多聰明人一樣，缺乏自知之明。你那「專欄」，早就該洗手了。我知道，你一定會說：我受讀者歡迎呀。哎！我還是不說的好，不過，你該知道，你在那攤子上所賣的東西，賣久了，就不值錢了……

××弟：

來信問我對死的看法，容我借用邱吉爾老頭子一句話：“When the pub closes, I go.”借用林語堂先生的譯文：酒店關門，我就走……。你說我對英國人偏見太重，那話說得不對，因為我是唸英國文學的，我當然能從他們的文學裡欣賞他們偉大的心靈。我也有「在英國的」英國朋友（括弧很重要），可是我就瞧不起那班賴在香港作威作福的寶貝。說也奇怪，好好的一個英國人，一個標準的gentleman，一跑到香港來，耽不上三四年，就變了樣，除了他們本身有問題外，我看還是咱們那班高等華人，慣壞了吧？

××兄：

昨天有朋友來坐，他是在此地電檢處工作的，據他說，香港某佳片公司送了一部血腥片來，通過是通過了，但剪得體無完膚，五馬分屍，一百分鐘的膠片只剩下六十分鐘了……

聽後大快我心，吃飯時與犬子索源浮一大白……

××先生：

上次來台，承招待名酒佳肴，又蒙邀為《中國時報》寫稿，吃了你的飯，怎能說個不字？但稿子寫了，你答應寄我的《時報》航空版還未寄來。稿我會寫的，但不能多寫，姚克先生譯英諺有一句神來之筆：「書僮看主公，英雄變狗熊。」(No man is a hero to his valet.) 我雖然不是英雄（讀者也不是書僮），但也不想做狗熊……

校長先生：

我們教職員得加薪水了……此地酒比香港貴，所以以前喝的酒，現在都降級了，從V.S.O.P. 降到三星，我倒無所謂，但犬子嗅覺敏銳，雖不識洋文（他剛過了兩歲生日），但拿起酒杯一聞，知是次貨，掉頭就跑，害得我節衣縮食，買了一瓶 V.S.O.P. 回來，他喝了五滴，才肯睡覺……

××學弟如握：

前後四函均未見覆，初以為學弟名氣越大，架子越足，後來接葉珊來鴻，謂學弟闢室於日月潭，埋頭寫劇本去了，唉！怪不得……但是你信可以不回（名作家惜墨如金，理所當然），我寄給你那份關於猶太作家的資料該寄回給我呀。（你沒空寫封信，沒關係，我隨函奉上回信信封一個，並貼好郵票。）要知那份資料，是作者親筆簽名送給我的，我對作者署名送給我的東西，向來作明星簽名送我的照片一樣珍惜，正如你送給我的書，我不但精裝了，而且還燙了金字……

快回信，快寄回抽印本來，不然我要在報章上登尋人廣告了。

××經理鈞鑒：

你要加稿費了，你以前做文化人的時候，一天到晚罵你的文化老闆刻薄，稿費給得少，現在你自己做了文化老闆，青出於藍，刻薄剝削作者的方法，層出不窮——扣人家稿件的標點符號，真虧你想得出，你在鼓勵中國的作家全部寫意識流小說麼？

讀聖賢書所學何事，你這刻薄鬼，真是文化界的潘金蓮從前人家刻薄你現在就刻薄人落雨天留客天留我不留張一非吾子也家財儘予外人不得爭奪……

××兄：

咖啡與紅茶和著喝，別有風味，此乃香港「大牌檔」最佳貢獻，學名叫「鴛鴦」，詞意貼切，但此種飲品，仍未打入「觀光飯店」市場，老兄下次到藍天喝茶，幸勿叫「夥計，來杯鴛鴦」，以免貽笑大方，切記切記。

近偶閱一中學生文藝雜誌，發現佳句，玆錄如後：「我媽媽雖然徐娘半老，但風韻猶存……」

何索先生：

你看，這就是讀了你的作品後的結果，害得我整天精神恍惚，語無倫次。對了，你可知我替你老人家起這個中國名字時，頗費一番心思。Herzog 這個字的音譯不一定「何索」最好，但我覺得既然你代表著這一代美國知識分子的迷茫，於是，我就想到〈離騷〉裡的兩句話：「路漫漫其修遠兮，吾將上下而求索」。何索，何索，上下而求索，這不是你和我們這班中國知識分子的最好寫照麼？

有空來新加坡玩，這裡蓋了許多「觀光飯店」，只可惜就是沒有猶太館子，你不吃豬肉就沒有口福了，因為這裡的沙爹做得很好。真怪，猶太人不吃豬，印度人不吃牛，怎麼搞的？將來這世界不是豬牛當道麼？路為之塞。

瑪拉末的《夥計》

××兄：

來信問我為什麼不好好的寫文章，老寫書簡；在香港時有《馬料水書簡》，到新加坡後有《牛車水書簡》、《靈台書簡》——再寫下去，到了六七十歲，就可以出《×××公家書》了。哈哈，說得真痛快，只可惜我的信既非寫給兒子，又不是教訓老婆子，所以只能叫做「書簡」。老實說，書信體的文章，只有我這種喜歡給朋友寫信的人才「配」寫——寫得好不好是另一回事——不愛朋友的，或平時視自己書信如墨寶、見到你時假親熱一番，「哎呀，我們常常談起你」的作家朋友，是不配寫書信體文章的。為什麼？缺乏真誠也。寫起來，必忸忸捏捏，作狀一番，務使自己信中的一言一語，都充滿作家味（不是人情味）。這種書信，不讀也罷。說起來，在我們這個商業社會中，寫信的也是一種時間的浪費了（連情書也不例外）。有時給朋友寫了三四封信，問的都是要緊事，等了三四個禮拜，仍是音訊杳然，心裡不禁為對方焦急起來。是不是他出了毛病了？接到老闆高就的通知？孩子生了病？越想越不安起來，決定再等兩天，若再無來信（是不是他收不到我的信？不對，我第一封是掛號寄出的），就打長途電話給他罷……就在這時候，朋友的墨寶來了：「××兄，前後數函均悉，惜以俗務羈身……。」俗務羈身，總不致忙得連寫封信都沒時間吧？「俗務」你可以有時間管，那麼你就把我看作俗務處理好了，免得我為你乾著急，真是的……

好了，讓我告訴你為什麼我不寫文章，只寫些語無倫次的書簡。寫文章，苦事也，既要板起面孔，又要言之有物。要言之有物，當然先要做些研究，花點心思，不若寫書信之自由，可天馬行空，落花流水一番。我覺得，我們那些旅美數十年的文史哲學者，如果性格放得開，不把自己的「權威」地位看得那麼重，用英文著書立說之餘，閒時也用中文來寫些書簡雜文之類的「小塊文章」，一來你們的中文不會每況愈下，二來也可為自己的人性留個註腳。在外國學校教書，為了吃飯，當然要用英文寫作，但身為中國人，身為漢學家，你怎忍心把你的才情學問，全心全力的獻給外國人？你既可以寫中文，為什麼不把用英文寫成的東西，改寫成中文，讓我們那些洋文不大見光的「漢學生」，分點冷飯殘羹？……因此，周公策縱，你實在是性情中人，你的新詩〈海燕〉，雖然不是好詩，卻是你文人學者襟懷的一個好註腳。多可怕，今天放洋到美國去唸文科的中國學生，在台灣和香港時本來是個蠻積極的文藝青年，不到幾年，在研究院翻了一個大觔斗，就做了學者，反過來瞧不起文人了。多可怕，多可怕，但他們忘了一件事：沒有他們瞧不起的文人，他們就不能做學者了。

周公，你在威斯康辛上課，是否仍有「渾然忘我」的毛病？最近收到一位舊學生來信，說你害得他好苦。他約了女朋友下課後在家裡等他，結果下課鐘響了，你仍是「眼見不實，耳聽不真」。閉起眼睛，口中唸唸有詞，依舊上你的課……

××兄：

我為什麼對猶太作家有偏好？唉，說來話長。這與我在美國「少年遊」時所認識的猶太女朋友無關，別相信××的話，那小子吃乾醋，他不尊重猶太人不吃豬肉的習慣，每次到餐館時總是叫豬排吃，難怪碰釘子了。我讀的猶太作家，第一個是 Arthur Miller，當時在台大，但一來當時讀書敷衍了事，二來不知他是猶太人（更無猶太味），所以讀過就算了，沒有迷下去。

第二本猶太作家的作品就是瑪拉末的《夥計》了。說來也是相當偶然的，當時（一九六四年）我在俄亥俄一間小學校教書，課餘百無聊賴，逛書店時看到新書就買（此書一九五七年初版，但在此以前沒看過，所以是「新書」）。回家後一口氣就看完，深受感動，同時，也害怕極了。整整一個晚上，我想著法蘭克的話：一個人怎可以接二連三的犯上這麼多的錯誤？本來，法蘭克這句話，一點新意也沒有，中國人阿貓阿狗都會說「一失足成千古恨」這句話。但是，這位小說家偉大的地方就在這裡：他用故事的形式來演繹出這句話驚心動魄的含義。法蘭克得了猶太雜貨店老闆鮑伯的幫助，不但不知恩報德，反而偷他的錢（雖然他老想著有一天要還他的）；苦苦的追求鮑伯的女兒海倫，眼看就要成功了，結果一時衝動，乘著酒意，姦污了她。

從這本書的發展，我們看到西方悲劇中所強調的「自由選擇」後果之可怕。凡事相信命運安排的人，是不會扮演悲劇角色的。所謂「自由選擇」，不過是「自作孽」的另一種說法而已。而我們一生中，「自作孽」的機會多的是，這就是可怕的理由了。擇業、結婚、人事上的去留、政治上的任何一個決定，都是一種可怕的決定，因為不管你怎樣聰明絕頂，都難免出亂子，問題是多寡而已。

法蘭克姦污了海倫後（鮑伯不久也因意外受傷去世），開始大徹大悟，決心終身做補贖：白天替鮑伯看鋪子，晚上十二時後又在一家通宵營業的咖啡店工作，把收入所得，全部拿出來維持鮑伯的店子和海倫媽媽的生活。他這種犧牲，是否就能「感動」海倫，使她回心轉意呢？照書中結尾看，這故事是「有情人終成美眷」的。但這倒不是瑪拉末或是嚴肅的讀者所應該關心的事。我們應該感到興趣的，是書中人物怎樣去追求自我救贖的問題。而在瑪拉末的小說中，再沒有比《夥計》對人類的救贖問題說得更清楚、更肯定的了：人類犯了罪，就該做補贖，為曾經因自己而受損害、受侮辱的人去受苦受難。

說真的，這也是俄國十九世紀小說精神傳統的延續，而瑪拉末受杜思妥也夫斯基影響尤深。寫到這裡，我忽然想到 J. M. Cohen 在《西方文學史》（一九五六年初版）中比較三位俄國大師——托爾斯泰、杜思妥也夫斯基和契可夫——的特色時所說的幾句話，非常精彩。他用契可夫的一個短篇小說〈牽狗的貴婦〉(The Lady With the Little Dog) 做例子。這故事很簡單：一個中年人（已婚、有孩子）在雅爾達的一間海濱旅店中邂逅到一位年輕的金髮美女（又是已婚）。兩情繾綣一番後，又各自回到日常的刻板生活去。但這位中年人一直忘不了這一段短暫的姻緣。於是，偷偷的到她家去找她。女的也用盡千方百計去瞞騙她的丈夫，與情人私會。故事結束時契可夫這樣寫道：「在感覺上，他們兩人都以為奇跡會隨時出現，替他們解決問題；但實際上，他們都知道，結局還遠得很呢，最艱難，最複雜的部分還沒有開始。」

照 Cohen 的意見，這是契可夫作品特色的地方：他只把一個問題提出來，不夾帶自己的意見，更不替局中人的歸宿出主意。可是，若是這故事的材料落在托爾斯泰手上，他就會老實不客氣的指出他們的不是，結結實實的教訓他們一番。落在杜思妥也夫斯基手上呢？那真是面目全非了。Cohen 的看法是，這雙男女所採取的手段，一定非常激烈，要嗎是謀殺、要嗎是自殺，最後的路子必然是懺悔和做補贖。

《夥計》裡沒有謀殺或自殺，但法蘭克所採取的手段，也是激烈的（強姦海倫）。我相信這是對良心問題、人類善惡問題特別感興趣的作家通用的手法。瑪拉末如是，英國的 Graham Greene 如是，而比杜思妥也夫斯基稍晚一些的英籍波蘭作家約瑟夫．康納德更如是。這類作家愛把他們的人物陷於「絕境」，然後再觀察他們的行為。這是非常合情理的，因為人若生活於「順境」，終日渾渾噩噩，很少有面對自己的機會。只有在絕境中，人才會被迫檢討自己——如 Greene 的小說 *The Power and the Glory* 中犯了通姦罪的神父，康納德小說 *Lord Jim* 中失職逃到荒島去的船長。他們都是陷於絕境的人物。

中國現代小說受西方作家的影響，由於語文限制的關係，到今天為止，還是以英美為主，這真是很可惜的事。坊間雖有俄國小說的譯本出售，但一來印刷惡劣，二來譯者名字，諱莫如深，讀者也就不敢相信這種譯本是否是出版商投機取巧、七拼八湊、偷雞摸狗的把戲。

為此我很希望今天台灣碩果僅存的一兩本文學雜誌，今後多做些介紹俄國十九世紀作家的工作。這對我們小說界、批評界「一面倒」的現象，將會發生良好的矯正作用。

看俄國小說時，深以自己不諳俄文為憾。不過，平生憾事已多，多此一個，也無所謂了。

黃春明的「卑微小角色」

××兄：

承寄來《文學手札》清樣一章，俾弟在尊書出版前一睹為快，感甚感甚。兄對黃春明筆下的小人物所見甚是：「黃春明筆下的人物幾乎都是一些卑微的小角色，他們沒有豐功偉績，也很少有雄心壯志，他們只是『死皮賴臉』地在掙扎中過活，像小丑一樣忍受嘲笑和屈辱，如果我們不斤斤於某些『寧為玉碎，不為瓦全』一類的門面話，則透過那種屈辱將可看到另一種堅毅的情操和力量。就好像我們一旦發現一些做父母的為子女而忍受生活上的種種痛苦一樣，當此之時那些小丑一般的行為，也就較之正面的英雄好漢貞婦烈女，更令人感到悲壯了。」

這一段話，實在說得好。其實，處於今天的社會，要「死皮賴臉」地生活下去的不盡是「一些卑微的小角色」。動不動就想為原則不同拂袖而去的人，這世界一定很多，但相信大部分只是止於「拂袖」而已。無他，除非家有餘蔭，無衣食之憂，否則不能「去」也。再說，即使你無衣食之憂吧，但你既要創一番事業，必處處有求於人，有求於人時必須時時準備作種種妥協。而這裡所謂的妥協，當然包括「死皮賴臉」在內。今天我們的社會中，有不少人為了「豐功偉績」，在行動上直追王禎和〈嫁妝一牛車〉中萬發榜樣的，著實不少。所不同者，「卑微」如萬發，也曾經有過「寧為玉碎，不為瓦全」的衝動——雖然也僅止於衝動而已。所不同者，萬發「犧牲」了阿好，求的僅是一種起碼的生存條件而已。而且，最重要的是，在他「妥協」以前，他的確努力嘗試過去找尋一種正當的生活。但他都失敗了，只好妥協。而為了「豐功偉績」把自己的「阿好」拿去「妥協」的人，追求的不是起碼的生活，而是騎在他人頭上的威風。

我記得不久以前在一封談《夥計》的信裡跟你說過，希臘悲劇中所強調的「自由選擇」實在不過是一種「自作孽」的機會而已。我還說一個人一生中不知要犯多少錯誤才能過完這一輩子。這種事，一想起來就寒心。最近，令我寒心的事還有我上面剛談到的原則問題。我想，除了天生壞蛋，每個自己認為還算是個人的人總有個原則。黑社會有黑社會的原則，譬如說，不濫殺無辜。色鬼有色鬼的原則（「朋友妻不可欺」），令我感到興趣的問題是，原則與現實起了衝突時，我們可能一次、兩次、三次為了維護原則而漠視現實的利益。但一個人一生中，現實與原則的衝突絕不止於三四次的。（我不想舉現實的例子，這些例子太多，也太可怕了。）這個時候，我們該怎麼辦？妥協？事事妥協的話，稍有羞恥心的人就不敢去照鏡子。事事不妥協，那這個社會還有你立足的地方？就讓我舉一個例子吧。你瞧不起你的老闆，認為他要你走的路子與你的原則不合，好的，道不同不相為謀，照你的性格看，該「拂袖」了。可是你沒有拂袖——可能為了薪酬優厚，可能是拂了袖以後，再無容身的地方了！那麼，你留下去不就成了「狼狽為奸」了麼？你說說看，可怕不可怕？不過，中國人在為自己的行為辯護上，從來就聰明得緊。稍為讀過一點聖賢書的人都可以替自己怯弱的行為找到藉口，譬如說：「君子不立危牆之下」啦、「小不忍則亂大謀」啦、「能屈能伸大丈夫」啦。（什麼時候做大丈夫？什麼時候做小丈夫？）

這些問題真的不宜多想，越想就越難做人。近日重讀契可夫的《海鷗》，發覺 Nina 向 Trepliov 告別時說的那一番話，堪為我兄那篇〈受屈辱的一群〉的文章做一個註腳。原來

Nina受Trigorin之騙失身後，歷經滄桑，但她並不後悔，因為這段痛苦的經驗使她成熟了。她說：「我躲在這裡時，常到外邊散步，邊走邊想，覺得我精神上一天天的堅強起來了……我現在知道，Kostia，一個人最需要的，不是風頭或名氣，總之，不是我以前做夢也想著的東西，而是學會怎樣去受苦，怎樣去背負自己的十字架而不失去信心。」

你說「一些做父母的為了子女而忍受生活上的種種痛苦」，甚至不惜去當小丑，真的一點也不錯。他們實在是背著十字架的人。

××兄：

聽說你惡習未改，興致來時，在餐巾上寫詩，一揮數十行，但稍不愜意，又隨手拋棄，確有李白遺風。但寫詩十數年，至今未有一詩集，聽說頗令愛讀你詩的朋友不解。弟素知兄脾氣，明白這不過是你對文學的浪漫觀念作怪而已。當然，詩是你的，你要不要出版，那完全是你個人的自由。但是你可曾想到一個寫文章的人——尤其是在創作方面的——對文化和文學的存續應盡的責任？你寫了詩，出版了詩集，中國現代文學史上便多了一筆資料。你的詩寫得好不好，有沒有流傳下去的價值，那不用你來耽心。那是另外一回事。要緊的是：你既是個寫詩的人，寫了詩有人肯替你出版，你就慷慨些讓人家替你出版吧，不要糟蹋自己的詩稿，不要讓它桃花逐水流。如果每個搞創作的人都像你那麼「浪漫」，那中國現代文學史不是要交白卷？這就是我上面所說的，你們搞創作的人對文化存續上所應盡的責任問題了。我們這一代的知識分子，歷經世變，早已無先人「為天地立心，為生民立命」那種「志大才疏，眼高手低」的老毛病了。但是，正因為我們生逢鉅變，我們的文學和藝術創作，越應該好好的保存起來，以備將來為歷史良心作證。

望兄三思之。如果繼續「自暴自棄」你的詩稿，那不但對讀者不起，也對歷史不起了。

文學批評的「消化不良症」

××兄：

自你從艾奧華大學的「詩作坊」回來後，一直很少看到你的詩了，怎麼搞的？如果每個到艾奧華去的中國詩人和小說家，回來後都像你那麼「懶於寫作」，那麼這個詩作坊真是害人不淺了。其實，到美國去對搞創作的人說來有時不是好事。在未出國之前，作品寫得勤，寫得快，寫得好的如叢甦，一出國後，書讀多了，見識增廣了，但東西少寫了。這真是極可惜得很。我至今仍記得在大三那年她對我說過的話：「我的小說通常都是坐下來一口氣就寫完的。」多神氣，也說得我羨慕不已。可是，現在她不坐下來了。對我這個讀者說來，她還是不出國的好。

你老兄「懶於寫作」是什麼原因呢？照我看，一個以「不牟利為目標」的詩人和小說家，他的作品一定有一種基本的信念，或者讓我們說是「神話」吧——在支持著。只要自己不從這個「神話世界」爬出來，這種種自以為是的牢不可破的信念就不會受到外界殘酷的考驗，作品也可寫出來。可是一跑出了自己的小天地以後，受到另外一種文化和價值的打擊，發覺以往珍貴著的東西，在新的環境中卻「棄如敝履」。於是信心動搖了。詩也寫不出來了。

希望我上面說的不是你的例子。但望你疏於寫作的原因真正是由於疏懶。

施叔青的作品，出國後的確不如在台灣做學生時候寫的，又是一個叢甦的例子。

寫到這裡，犬子索源正在依依呀呀的唱著「兩隻老虎，兩隻老虎，跑得快，跑得快，一隻沒有耳朵，一隻沒有眼睛，真奇怪，真奇怪，真奇怪……」

是的，真奇怪，真奇怪。

××兄：

昨夜拿了你的《從過去到現在》一書來看，看了十多頁，無論如何看不下去。並非老兄的文章不好，反之，僅翻了數頁，就可看出老兄博古通今，辯才無礙。小弟看不下去的原因是，老兄三四句中文，必夾雜一兩句英文術語。如果這本書是橫排的，那倒無所謂，要命的它卻是直排，因此看老兄十頁書，就花去半小時。十五分鐘看原文，十分鐘花在將書本翻來倒去上，另外五分鐘用在我看書的老毛病上：書中既有中英文對照，我就潛意識地順帶看看翻譯得貼切不貼切。這是在中文大學被迫教了三年勞什子翻譯的結果。

老兄在每一句術語和專有名詞之後加上英文原文，當然是學者治學的負責態度（雖然有些人也許會把這種態度誤為是賣弄英文），但是這個習慣卻有三個不良效果。第一就是使讀者看來費力。第二個就是把本來很有氣勢的文體削弱了，再說，對不諳英文的讀者說來，中間插了這麼多附上洋文的括弧，在心理上就等於看《金瓶梅》時「此處××字從略」的括弧一樣缺德。第三：政治學、社會學裡許多專有名詞，不錯是源出外國的，但既然習用久了，中國讀者也就慢慢的習慣了，因此也就成了中文一部分，不必再加註釋。其道理與英文對待外來語一樣。嚴格來講，英文裡凡是外來語都要用斜體字的，但是現在一般寫英文的人，除非是遇到非常「冷門」的字用斜體外，普通用慣了的外國字，也懶得去辨明了。也難怪，英文字彙今天之所以這麼豐富，無非是因為它毫不「慚愧」

地把外來語留為己用。日本人更不用說了。今天要學日文，除中文外，更非兼通英文不可。

除非我們把這種心理糾正過來，否則，我們的社會學家、政治學家怎可以用中文寫論文呢？兄以為然否？

××兄：

來信謂計劃編一本《中國近代文學評論集》。聽了很高興，但為你耽心的是：你選些什麼稿？

上兩個禮拜，有一位青年朋友來信說，他最近看了，而且很用心的看了國內某一批評家的文章，但看來看去都看不懂，因此心中惶惑異常，自己原有的一點點讀書的自信心也動搖起來。我乃回了他一封信，說我自己看不懂的批評家，不只一位，而且中外都有，因此如果他看不懂的就是他信上說的那一位，那他比我悟力高多了，我該向他討教才是。我還對他說，人生令我們惶惑的事多著哩，但不該為看不懂一個人的文章或一篇文章而「惶惑」起來。否則我們這一輩子怎麼過。

一般做讀者的，為了要進一步的了解某一作家的作品才去求助批評家的——像上面那位來信給我的唸工科的同學。可是令他難堪的是，這位批評家不但幫不到他的忙，反而使他越看越胡塗，以致懷疑自己「究竟懂不懂得中文」。這實在是值得我們寫批評文章的人細細反省的一回事。當然，我那位朋友看不懂那篇批評文章，原因只有兩個，一是他本身的文學常識不夠，因此「夠」不上。二是那篇文章寫得太故弄玄虛，太好不必要的去炫耀學問。

如果原因是前者，我們無話可說，只有叫他多讀點書，但如果是後者，那我們就該好好的自我檢討一下了。

今天在國內外做研究和批評中國文學工作的，常常寫文章的，以唸外文的佔多數。（做成這一現象的原因，我前兩三封信跟你約略提過。）這些人所受的文學批評訓練，也自然是純西方式的了。後來用中文寫文章時，為了不使人說自己「忘本」、「媚外」，不得不在中國的古籍中找一兩句話來引證一番。但這僅是表面功夫而已。骨子裡用的方法和標準，都是西方的。

這沒有什麼不對。不說中國文學批評本身不發達，就算非常發達也一樣可以借重人家的東西。（當然，以西方文學批評眼光來批評中國文學作品，在價值判斷上，有時免不了「張冠李戴」的偏差。我自己常犯這毛病，因為我自己也是上面所說「那班人」的一分子。）問題是，我們今天寫批評文章的朋友有不少是患了消化不良症。在短短一篇三千字的文章裡，就塞滿了一堆什麼情意結啦、時空揉合啦、聖靈顯現啦，諸如此類的唬人名詞——難怪一般讀者看了以後變得「惶惑」起來。

這類冠冕堂皇的術語當然不是不能用，問題在用得恰當不恰當。用得恰當是「以文釋詞」，用得不恰當是「以詞釋文」。換句話說，文學批評是說理的工作，理說得越明越好。如果我們只說《西遊記》是個寓言故事，那是以詞釋文。但假如我們把悟空、八戒等「人」的特性細加分析（譬如悟空代表人性中反抗權威的一面），那就是以文釋詞了。我個人越來越相信學問越好，越會寫文章的人，越少拿名詞術語來嚇人。這些玩意等於武林中人所用的暗器如飛鏢毒針鐵彈，初出道的人必然全身配備，可是後來他武功越練越高，借助這些玩藝兒的需要也就越少，到最後只用「一陽指」了。

我們實在需要「一陽指」式的文學批評，把西方各式各樣的武藝學過來，在自己身上消化一番，凝聚成一種「純陽之氣」（看！我又在使用暗器了），然後再用在自己文章上。這種文學批評，平易、親切、說理清楚，無艱深難懂的術語與句法，好像寫來毫不費力似的！但令讀者看後，產生一種「雲開見月」的感覺。這種文章，實在不容易寫。英國的 **F. R. Leavis**，美國的 **Lionel Trilling** 和 **Philip Pahv** 都有這種本領。

說到這裡，我得趁機會把我心中一直存在著的一個「隱憂」說出來。十多年來，台灣文學有水準的雜誌不時有翻譯的論文出現。照我個人看來，這種翻譯論文（除非是論中國文學為本的，如何欣和莊信正等先生翻的夏志清先生論古典小說的文章），害多益少。譬如說，除非我們有人先把喬哀思的 *Ulysses* 先翻出來，否則即使我們把 **Stuart Gilbert** 的 *James Joyce's Ulysses* 全本翻出來，也是白費功夫的。先有文學才有文學批評。不諳英文的讀者連 *Ulysses* 這部小說講的是什麼都不知道，看批評 *Ulysses* 的批評文章有啥子用？同樣地，在未有福克納、湯馬斯曼、普魯斯特的中譯本前，我們最好少登一些〈論福克納〉、〈論湯馬斯曼〉諸如此類擺空城計的文章。這簡直是挖苦不懂洋文的中國讀者。因為不懂洋文的中國讀者才會看這種文章，會洋文的就不用看翻譯了。

而不會洋文的中國讀者和作者，看了這些「無物有言」的論文後，那真是名符其實的害人害己了。他們雖然沒有讀過喬哀思的作品，但看過中譯的〈喬哀思論〉後，就知道喬哀思的作品中，常有超凡入聖，「聖靈顯現」的一刻。於是，這些在譯文拾來的牙慧，就成了他們日後寫作的暗器。

你現在同不同意我說這些翻譯論文害人不淺的說法？

我看我們當前的文藝界還是腳踏實地的去做些紮實的工夫好。不必好高騖遠。如果我們有人才、有精力、有金錢，能夠把《往事追憶》翻出來，然後再加評介，那固然是好事。但如果精力和人才都不夠，我們還是做些當務之急的事吧。譬如說，挑一些優秀的西方漢學家研究中國文學的論著翻譯過來，就真正的可以收他山之石的效果了。

而且，即使我們連普魯斯特的名字也沒有聽過，也不見得是一件丟人的事。

【第二輯】

牛車水書簡

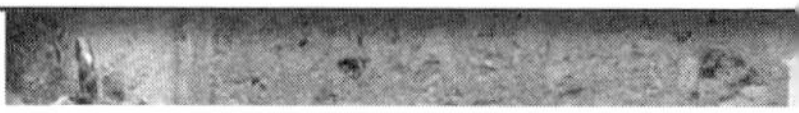

無處為家處處家

××兄：

來信收到。承你給我開了一個題目：到處為家，並叫我寫兩千字。你這個題目真的是很好，這十年，我跑的「碼頭」倒不少，間時看看自己的履歷，出來教書不過七年，居然換了五間學校，這大概是不安於位的天性使然，無法可想，以後是否會如此，連自己也不知道。不過，照我這種「每況愈下」的情勢看，再下就下放歐洲和紐西蘭了。像我們這種從大陸裡逃出來的人，所謂家者，不過是熟朋友多的地方而已，此念一通，心中就坦然，反正是「無處為家處處家」！

你問我既然我對《落鷹峽》的印象這麼壞，為什麼不好好的寫一篇文章來罵罵它？不錯，在台北跟李歐梵看完這片子後，心中起了疙瘩，真想馬上回旅館去熬夜也得把文章趕出來，洩洩心中悶氣。但後來一想，近年來的國片，「該不罵」的究竟有多少部？不用說別的，當天晚上回旅館途中就看到一部名叫《百忍道場》片子的海報，如果不是把演員名單細看一遍，幾疑是部日本片。而且，就真「罵」了又怎樣？

因此，我們何必特別跟《落鷹峽》過不去呢？尤其是這是一部「國策片」，既然是國策片，我們就該以看《揚子江風雲》那種心情去看它，而不必以什麼藝術眼光來衡量它，你說是不是？因為「國策片」是拍給群眾看的，不是拍給你和我看的。明乎此，子可休矣。

本來，在我的觀念中，片子就是片子，電影就是電影，何必有國策片與非國策片之分呢？一部片子，如果拍得好，夠得上國際水準，那麼，即使是「邵氏出品」，只要邵氏打出的是中國人的招牌，替中國人爭光，那麼——讓我重複一次——即使是邵氏出品，也屬佳片，也是國策片。同樣，即使是中影的片子，如果拍得像《落鷹峽》那麼兒戲，也一樣不是國策片，因為這類片子拿到規規矩矩的國際影展去（除非他們設有特別的「國策獎」），大概是不會替中國電影「發揚光大」的了。

這次在台北開會之餘，最大的收穫是看到歸亞蕾小姐。如果我沒有看過她的電影，真不相信她就是「家在臺北」的「棄婦」——她是明星而沒有明星的樣子，越使人覺得沒有明星料子而裝出明星架子女人的可惡。在今天她這一代的中國女演員中，她是最適合演你心目中的角色的了。

她最了不起的地方是在一部片子中不用演戲就演出戲來。她一出來即使單是站著，不說一句話，也有戲味兒。像《家在臺北》這部國策片——我看的時候還不知道「她」就是歸亞蕾——她演的那個角色，簡直就是從《烈女傳》中跑出來的，以現代人的眼光看，這個女人「好」得太神話了（因此難令人取信），如果換了一個表演慾強的「女明星」，把這角色演得怎樣楚楚可憐，怎樣三貞五烈，對柯俊雄曉以大義，那麼，這一節戲，說不定會產生相反效果。我們也許會同情柯俊雄，「鼓勵」他去娶洋老婆了。

可是，歸亞蕾竟把這個幾乎不可能演好的角色演活了——我們覺得柯俊雄一點也不俊——對國家不忠，對父母不孝，家裡擺著這麼賢淑的一個妻子不要，而要洋老婆，可惡。而令我們產生這種感覺的，不是「家在臺北」的劇本，而是這麼一個好演員。

《家在臺北》因此可當「國策片」之名而無愧，因為在外國留學或流浪的中國人，看到這部片子，雖然不一定馬上會回國服務，但如果他尚未結婚，他一定會回台灣來找個台灣新娘——至於台灣今天究竟還有沒有這一類女子，那是後話。

從那天晚上的「談話」看出，歸小姐演戲，憑天分者多，憑理論修養者少。直截了當的說，她讀書不多。但話說回來，她書讀多了，戲可能演不出來。在香港，我認識一些演員，書讀得不少，也通洋務，在聊天時可以一套套理論搬出來，但你一看他演的戲，糟了，真應了「志大才疏，眼高手低」那句老話。

以一個演員說來，如果不唸書演好戲，唸了書演壞戲——那麼，如果我是演員，我就不唸書了。

註：牛車水者，新加坡「唐人街」所在地也，晚間有市集，車如流水馬如龍。小吃攤上，鱷魚肉與穿山甲一爐共治，蛇鼠同鍋，真個琳瑯滿目，美不勝收。

中文大學與新加坡大學

××兄：

來信謂「港督明令發表，中文大學校長李卓敏博士繼續留任五年」，問我此消息主凶還是主吉。你問得真奇怪，我又不是算命的，我怎麼知道？不錯，我在中大耽過三年，但一來我沒有參加過什麼行政工作，二來我所接觸到的中大，僅是四分之一的中大（新亞書院、聯合書院和中文大學的「辦公大樓」對我說來，是非常陌生的）——我怎敢胡亂說話？而且，即使我對中大有什麼不滿的地方，也老早在兩三年前以「當事人」的身分說了。如果我現在以「在野之身」的身分說話，無後顧之憂，當然可以恣無忌憚的大膽批評一番。但是，除了逞一時之快外，有什麼效果？而且，你知道，中大當局對外界的批評，以我個人的看法，有兩種不同的態度。如果批評是技術性的，那麼總有一天學校當局會給你一個答覆。譬如說，中大既為中文大學，為什麼一般公文不用中文而用英文。校方的答覆也蠻老實的：為了方便外國人。於是，校方也就從善如流，在一般無關痛癢的公文上，往往加上一個中文譯本，以增加我們中國人的自尊心。但如果你批評的是原則問題，如中大為什麼擱著這麼多有資格、有學位、有學養的中國人不用，而偏要從海外聘請一些中文一竅不通的「人才」回來？（請中國人價廉物美，即使遠道從歐美來的，也不必付海外津貼，中文大學經濟會計人才濟濟，為什麼在這一方面不會精打細算？）如果你批評這個，那麼，即使你們再出兩三個特刊，再加上《明報月刊》助陣，中文大學也不會理你的。原因無他，這正是中文大學的難言之隱也。香港是英國的殖民地，不但有義務替英國人養兵（雖然這種「防衛」香港的英國兵，有些低級到召妓不但不肯花錢，而且還把妓女的積蓄搶光），而且還得照顧他們在英國找不到好差事的「讀書人」。你說，你如果以這個質問中大，中大怎能答你？本學期教 E. M. Forster 的 *A Passage to India*，其中 Aziz（印度醫生）和 Fielding（英國人）一段對白，堪作這問題一部分的解答：

「如果情形如你所說那樣，那麼，請原諒我問你一個問題：英國佔領印度，算得上是合法的麼？」

呀，來啦，政治問題來啦！「這問題我沒有好好的想過，」他回答說：「以我自己來說，我來這裡因為我需要工作。可是我實在不能向你解釋英國為什麼要佔領印度或者是英國究竟應不應該佔領印度。這問題我實在答覆不來。」

「可是就拿教育這一行來說，需要工作而又有資格的印度人也有的是啊！」

「我想那是真的，可是我卻先來了，」Fielding 笑著說。

「那麼再請問一句：英國人佔去了印度人應得的位置，這算公平麼？當然我的問題是以事論事。就個人的立場來說，你在這裡，我們當然高興，而且，能夠和你這麼坦白交談，我們實在獲益匪淺。」

這種話題，只有一個答案：「英國佔領印度，乃是為了印度的好處。」但 Fielding 卻不願意這麼說。他一心一意要講實話。他說：「我也很高興到這裡來——這就是我的答覆和我來這裡的藉口。我實在不能答覆你那有關公平與不公平的問題。……」

今天的香港形勢，當然與當年的印度不同，英國人自己也知道這一點。但是殖民地對他們的價值則一：幫助解決英國的失業問題。

至於留在「辦公大樓」那些位居要津不學無術的美國大人先生呢？是不是他們的工作只有美國人才能做？這一點，我就不知道了。不過，據一位消息經常可靠、同時也在「辦公大樓」做事的朋友說，中文大學的高級行政人員之所以用美國人，一來與「捐款」有關，二來可幫助李校長收「以夷制夷」之效。果屬實，此亦妙計也。除「制夷」外，這種美國特權人物尚可收「制華」之效。

我兄由此當可見中大複雜問題之一斑。大學當局既受到這種種人事上、政治上的限制，用人當然不能唯才。而一個政府、一個機關、一間學校，用人處處受到這種「原則」的限制，怎能辦得好？

和香港情形恰巧相反的是新加坡和馬來西亞。自一九五七年脫離英國獨立後，這兩個新興的國家，在建立民族自信心上，不遺餘力。先說馬來西亞。今天中國人要在馬來西亞政府做工，懂英文還不夠，非諳馬來文不可。而馬來亞大學，更有計劃在數年內強制執行用馬來文授課，理工科如是，文科更如是。當然，這措施壞處也有。在開始施行時的十餘年間，馬來亞大學的學術水準必一落千丈。原有的資深教員（多是外國人），因不諳馬來文而迫得辭職，而新的一代的本地學者不會這麼快就培養出來。但萬事總有一個開始，為國家長遠打算，他們的政府不能不採取這種斷然的措施。其實，許多事情是迫出來的。上週我趁假期之便，自己開車子去馬來西亞一次，事前得朋友警告，馬來西亞公路上的交通標記，差不多全用馬來文寫的，因此，馬來文不會說不要緊，可是非先把「東、西、南、北」、「左右」、「停車」、「慢行」這些單字學會不可，否則橫衝直撞，說不定會開到馬共的巢穴去。

如果中大把加薪的消息，用中文公佈，在香港的洋人最少會學幾個「元」、「毫」、「百」、「千」的中文單字，他們到香港來，也不虛此行了。

新加坡大學與中文大學在行政方面和人事方面相較，真真正正說得上是雲泥之別。在行政方面，校長院長系主任和其他行政部門的負責人大部分是新加坡人固不必說，即使系中的主要教授，也幾乎清一色的是本地人——除非那一門科目情形特殊，暫時沒有夠資格的本地人接管，才借用外人（如中文系）。總之，新加坡大學就如新加坡政府一樣，處處在維護本地人利益上著想。為此原因，新大給外來人士的聘書，通常只有三年。三年以後要想耽下去，首先得看你的位置是否有本地人想要，第二還要考慮你在新加坡是否有貢獻。如果兩關都通過了，再給你續約三年。三年後如果情形不變，那就定下來了。

（在中大服務兩年不出亂子就可享「長俸」，在這裡卻要經六年的「考驗」，真不易受。）

在香港大學和中文大學拿所謂「海外津貼」的是天之驕子，特權階級。在新加坡，卻是二等教員。教職員公會的會員資格，第一個條件是本地公民。海外來的，只能做臨時的會員而已。這還不算，本地教職員每年有六個禮拜的有薪假期，而海外來的，僅得兩個禮拜而已。

本地人處處得到如此優待，怎能不為學校效忠？可是，這種措施，一如馬來西亞的強迫性用馬來文教學一樣，也有相反效果的。學校處處「厚」本地人而「薄」海外人，使外來學者無安全感，因此有些一看苗頭不對，三年合約還未滿，就拂袖而去了。敝系就有兩位英國同事，他們拿的都是三年聘書，但一個做了一年，一個做了半年，就走了。

香港的中文大學和此地的新加坡大學，走的是兩個極端，兩者都不是正常現象。不過，正因如此，大家正好互相借鏡一番。一間大學，如果要跟上潮流，非要經常與外界保持接觸不可，而交換教授，或者是任用外來教授，是一個正當的途徑（馬來亞大學今後要追上時代，大概只得多多聘用客座教授了，因為只有客座教授才能逃得過用馬來文授課的規定）。因此，中文大學之任用英國人、美國人授課甚至擔任行政工作，在原則上來說，都是無可厚非的事。問題有兩個，第一是這種人的資歷問題。換句話說，這一批現任的英美人士，果是個專才麼？他們的工作和學養是否令人心悅誠服？第二是待遇的公平問題。照目前看，凡拿外國護照的中外教職員都享受到「海外津貼」的特殊待遇——於是每兩年半他們可拿學校的機票和薪水回「祖家」度假一次，居住又可拿房屋津貼——而香港居民或拿台灣護照的，卻一無所有。

這種非基督教精神的、野蠻的措施，教人怎能忍受？又怎能希望華籍教職員對中大效忠？

這種種不平現象，李卓敏校長當然清楚。問題是：他有沒有這個「種」去為中國教職員力爭？他爭不到，無所謂，那麼乾脆連海外教員的津貼也取消好了，以示公允。俗謂「不患寡而患不均」，今天中大的教職員待遇，犯的就是這毛病。對了，說到這裡，不妨附帶告訴你一件事：新加坡大學教職員每年加薪，不像中大那樣照底薪加百分之四的。這兒不論你是教授也好、高低級講師也好、助教也好，每年一律加新幣五十大元，照目前生活指數不斷上升的情勢看，我們是名符其實的因加得減。可是，若照「公平交易」的眼光看，新大是做對了。

好了，不寫了，「不在其位，不謀其政」，我寫了這麼多話，一來是出於對香港的愛護，對中大的期望，二來是知道現在在中大任教那班中國同事，為了怕事，怕砸飯碗，所以一向逆來順受，他們是不會「不平則鳴」的，還是讓我這個不通世故的人代他們說幾句話吧。

但是，說了又有什麼用？

屈指算來，李歐梵還有三個月就要離開崇基了，從此崇基同學，又少了一位可以和他們談得來的師友。說起來，這也是中大隱憂之一，該留下來的人走了，不該留下來的人卻像老樹盤根的盤呀盤呀盤下去。

七等生「小兒麻痺」的文體

××兄：

自台灣回來後，授課之餘，與亨利・詹姆斯和約瑟夫・康納德冗長浩繁句子掙扎之餘，一空下來，就看這五六年來在台灣出版的新詩和小說。我拿的是英文系的薪水，而「研究」的卻是中國文學，想起來，打個不恰當的譬喻，頗有「身在楚囚心在漢」的感覺。不過，像我這種情形的唸西洋文學出身的中國人，今天可說比比皆是。除了個人興趣外，我想最大的原因是價值問題。

我們中國人跑到英美大學去唸英美文學，唸得出類拔萃的當然有，但大部分的人，我自己當然在內，跟得上、唸得完，已經是幸運的了。但唸完了又怎樣？唸完了又能做些什麼呢？當然，如果我們的目的只在工作，那麼，留在美國教美國人英文一樣有機會，朋輩就有傅孝先和王裕珩兩人。要寫文章麼，當然可以寫——但如果你想在研究莎士比亞、葉慈、或喬哀思的範圍內出人頭地，那就真的要看個人天分了。(用中文寫而又在中文刊物發表的當作別論。）手頭上剛好有一本 Carlos Baker 編的 *Hemingway and His Critics: An International Anthology*，撰稿人有意大利人、俄國人、法國人、西班牙和日本人。我把日本人寫的文章（〈論老人與海〉）細細讀了，覺得雖無大不是之處，但也沒有什麼特別的創見。這種文章，對研究英美文學來講，多一篇少一篇都無所謂。這篇文章（長不到八頁）之所以收在 Baker 的書內，無非是為了政治需要：這既然是 International Anthology，就不能不找個東方人來做代表，聊備一格，裝飾門面而已。如果這篇文章不是日本人寫的，也許就登不出來了。

在美國中國人圈子中，有一句諷刺中國文史學科人士的刻薄話：「賣中國古董」。意思說，要不是為了政治形勢，你就沒有這口飯吃。許多學有所長的朋友，如上面所說的王裕珩和傅孝先，可能就為爭這口氣，可教中國文學而不屑去做。在我看來，這是中國文學研究的一種損失——除非他們憑著自己的天分在歐美的批評界中創出一個新天地來。理由很簡單：外國批評界不但人才濟濟，而且還源源不絕，因此，即使多了一個盧飛白先生（盧先生盡其畢生功力寫的 *T. S. Eliot: The Dialectical Structure of His Theory of Poetry* 的第一部分已於一九六六年由芝加哥大學出版）也不過是錦上添花而已。可是如果盧先生把精力用在研究中國詩學呢，那真是雪中送炭了。

這一點，你同意不同意？可是，如果以盧先生的才華，在美國教中文，聽到人家說「賣古董」，你說會不會氣死？

我扯得遠了，因為我本來打算告訴你我這幾個禮拜來讀「台灣文學」（即在台灣出版的中國近代文學，為了方便，姑稱台灣文學）所得到的一點心得。過去幾年來，雖然一直與在台灣寫文章的朋友保持聯絡，每期新的雜誌到時，必搶著看完，但是一來沒有準備要寫文章，二來備課又忙，所以一向沒有好好的作有系統的研究。

除此以外，我過去沒有細讀台灣作家（我認識的朋友和同學是例外）的原因是受了一種偏見的影響：我認為，寫小說的人，連文字都寫不通，那還談什麼藝術？那是一九六五或六六年的事，其時我還在夏威夷教書，有一天剛收到《現代文學》第二十五期，興沖沖的打開來看，看了幾篇小說，楞住了：

①「驚奇地互相看見；一班星期天的午後快車沿著海岸向南方急駛著，土給色遇到他學生時代的一個同學馬……。」（七等生作，〈初見曙光〉）

七等生？名字好怪！然後又「驚奇地互相看見」——這是什麼句子？好像是英文的「副詞子句」。土給色？這是中國人還是日本人？——這是我當時的反應，也可以說是反感。

②「在這感覺上一直是頗為卑屈的一列出葬的人群，個個人在滿注哀傷之後，在心的疲倦之中，拖著彷彿無比沉重的肢體，隨著直而長的哨吶聲，懶散地挪移前去……。」（施叔青作，〈瓷觀音〉）

好怪的句法。於是我再看另一篇小說：

③「莫洛亞把那封限時專送的信送到這個鄉村小學的時候，朱瑾和宋達夫正在擎著燈火的人眾裡頭，遺忘了世界地撈那個葬身溪底的小學生……。」（白樺木作，〈告別呵，臨流〉）

「遺忘了世界地」——這是副詞子句？是不是凡是中文句子後面加上一個「地」就成副詞？好奇心頓起，又翻看另外一篇：

> ④「風是夾在笑容裡的。一切就是一切。我那裡去找『你』……。」（王永哲作，〈信們〉）

什麼是「一切就是一切」？Everything is everything? 這句話，是不是摻雜著禪的意味？

這以後，我偏見越來越重，對青年一輩的作家，也就越來越陌生了。

可是，自一九六五年以來，七等生和其他我認為文字不通的作家的作品越來越多，不但《現代文學》有，其他性質嚴肅的文學刊物如《文學季刊》更經常有他們的作品出現。於是我暗忖：一個編輯的眼光和趣味可能有偏差，但其他的呢？不可能全掉了眼鏡吧？

剛好這個時候接到漢堡大學 Wolfgang Franke 先生來信，要我替他主編 *China Hand-*

book寫一篇介紹台灣文學的短文，因此，這幾個月來，我一直就在台灣文學上做功課——包括讀七等生和「一切就是一切」。這一次，不是零零碎碎的，隨心所欲的去讀了，而是以讀《都柏林》集子的方式去讀——務求在這些作家寫的一段一節中找出他們內心的世界。

我得到一個初步的發現：七等生小說的句子，是患小兒麻痺症的，不能孤立地站起來。不但句子如此，他的「短篇」也如此，單獨看他一兩個短篇，你的感覺仍是「驚奇地互相看見」。但如果你有耐性，硬著頭皮把他「苦澀」的小說，一組一組的看下去，那麼，你會發覺，這個人的想像力和他內心感受的世界，既像卡夫卡，又像Ionesco，正所謂不可以常理測度的那一派。所不同的是，七等生比上述兩人較有愛心。不過，這僅是我初步的估計而已，不能算準。

可是，我心中仍存著這麼一個結，你或許可以代我查詢一下：七等生的文字，是故意這麼賣弄的呢？還是本來就是這樣子？他在學校做國文功課時，是否也是寫這種七等生體？

這封信，寫了一個下午，該結束了。但在結束前，我想告訴你一句話：台灣這幾年實在出了不少了不起的短篇小說家，其中尤以土生土長在這塊土地上的年輕人，成就最大，像陳映真的《第一件差事》和黃春明的《看海的日子》，都是第一流的作品。看了他們的作品後，不禁感慨起來，要是國事不是那麼蜩螗，中文能如英文那麼普遍，那麼，唉！說不定我今天就可以在這裡開一門「中國近代小說：一九五〇至一九七〇」的課了。

下個禮拜，我要教一個英國十八世紀的怪物：Laurence Sterne（讀過七等生的小說後，再讀 Sterne 就會「見怪不怪，其怪自滅」），待我把「公事」（只要我在英文系一天，談中國文學在我說來有點像做私幫生意）辦完後，再和你談談黃春明和其他人的小說。

古龍水與「暗香盈袖」

××兄：

昨天收到從香港寄來一大堆報紙，「過癮」了整整一個晚上。十時開始躺在床上看，一直看到今天早上三點多鐘。每次收到從台灣或香港寄來的報紙，總有一種「君自故鄉來」的感覺，因此不但國際新聞看、都市新聞看，就是電影廣告也一字不漏的看了。

看廣告對唸心理學的人說來，是一種樂事。而廣告商所用的字眼，唸文學的人，尤不輕易放過。故約翰・霍金斯大學教授 Leo Spitzer 有一天看到一段推銷新奇士 (Sunkist) 橙的廣告 (From the Sunkist groves of California Fresh for you)，大為激賞，覺得這兩個短句，不但詩意盎然，而且正投合美國人那種「辛苦賺來舒服吃」的「幸福論」(eudemonist) 者的心理。追求幸福，誰甘落後？不想落後，那麼多吃新奇士橙。

實在說來，好的廣告稿確實不容易寫。今天美國的廣告稿，為了競爭劇烈的關係，已淪落到只管吹牛、不顧常識的地步。譬如說，牙膏的功用，在我們這種老實人看來，大概是潔白牙齒和防止蛀牙而已。可是，在一種名叫 Ultrabrite 的牙膏廣告上，我們居然會看到「常用此牙膏，增加君性感」的字樣。這牌子的牙膏，有沒有因此「增加性感」的號召而增加銷路，我不得而知，但是撰寫這句廣告稿的人，趣味低級，由此可見。當然，他的「用心」全落在美國年輕人上，但為了適應年輕人，他就失去老年人、住在修道院的和尚和尼姑、或者是年紀輕輕，但對性毫無興趣的顧客了。

不過，這種廣告，雖然誇大得過分，卻不會害人——是否真的能增加性感雖然因人而異，但牙膏終歸是牙膏，它基本的功用總會有的。害人的廣告，首推我國的成藥，如「專治小兒百病」的膏丹丸散。幸好為人父母的，早已把這種萬靈藥的誇大其詞看作政客拉票時的謊話，不然真是誤盡蒼生。

想到廣告，我就覺得技癢。台灣和香港的化妝品，不知有沒有做男人用的「古龍水」(Cologne)的，如果有，僅向他們獻出高級廣告語一句：「有暗香盈袖」。原來「古龍水」的「正確」用法，不是擦在臉上，而是在「高貴的男仕」外出時，輕輕的灑一兩滴在襯衣袖口上，因此有「暗香盈袖」句。做廣告的，可向顧客說明這種「正確」用法——當然顧客愛怎樣用是他們自己的事。日本的資生堂在台灣、香港和新加坡很肯花錢做廣告，而他們那種名叫「禪」的香水和古龍水，其強調清淡的神韻，實在與李清照這句詩很配合。可是現在我既說了出來，「版權」就歸我所有了。日本人不能野心勃勃盜為己用。聽說美國一業餘廣告商把一句話 Winston taste good, like a Cigarette should 賣給一間煙草公司，此生就不愁吃喝了。古人謂一字值千金，信然。而這一句廣告稿，妙就妙在作者強姦英文文法，不用 as，用 like 真是錯有錯著。

這次香港寄來的報紙中，最吸引我注意力的是武俠片《唐山大兄》的廣告。這片子我僅看過預告片，正片大概兩個禮拜後才能看到。但它在香港賣了三百多萬港幣，聲勢也夠嚇人的。先說片名。「唐山」者，海外華僑心目中之「故國」也。在神遊故國老華僑心目中，「唐山」一切都是好的，因此這兩個字極能發生「感召」作用。「大兄」者，阿哥也。配合劇情，這題目就等於說「由唐山來的為我們華僑出一口冤氣的大阿哥也」。民國以來，海外華僑赤手空拳的遠適異邦謀生，受盡當地政府的剝削和欺凌，敢怒不敢言，「冤氣」自然很多，不能不謀精神上的發洩。遠在《唐山大兄》以前，華僑就愛看《中國殺人王大鬧紐約》這一類「俠義」的書了，現在香港的一家會動腦筋的電影公司，把二三十年前華僑心目中的「〇〇七」形象化起來，加上彩色，加上演員本身武技給人的真實感，自然成功了。

至於該影片是否真能「發揚民族精神」、「表彰華僑美德」，那是另外一回事。不過，單從片名的廣告效果而論，那確是神來之筆，因為它把握到海外華僑——尤其是新、馬、泰國、印尼和歐美「唐人街」內的老華僑的「群眾」心理。

【第三輯】

馬料水書簡

現代小說與個人趣味

××兄：

暑期已到，回港又匆匆一年，真快。本學期所授的三門課（即「十八世紀英國小說」、「海明威」、「翻譯」）中，就個人興趣來講，最過癮的，當然是海明威，其次是翻譯了。十八世紀英國小說，從 Defoe 的 *Moll Flanders* 開始，至 Austen 止。這門課，一來不是我自己選來教的；二來教科書早在我回港前已被我的前輩安排下，自己很難隨意修改。不過，話又說回來，這一個階段的英國小說（一七一九－一八四〇），Defoe, Swift, Richardson, Fielding, Sterne, Goldsmith ——除 Austen 外，我實在提不起多大的勁，教那一本書也無所謂了。

你知道，在小說欣賞方面，我是個不折不扣的杜思妥也夫斯基的崇拜者，對他小說世界裡所討論到的生死、善惡、良心、上帝和靈魂的救贖等諸如此類的道德及心理問題一直興趣特濃。為了對他的偏愛，影響到我對其他功力可能與他相仿的大作家存有偏見。記得六年前，在研究院選了一課「現代小說」，教授有一天給我們學生一個非常「非學術性」的題目作為談話資料：論杜思妥也夫斯基與亨利・詹姆斯二人在小說界中的地位。我說「非學術性」的題目，是因為凡是搞文學批評的人向來都不願意給「等量齊觀」的作家分高下、定名次。因此在一般的西方文學史中，文學史家或批評作家的分類，極其量是用 major writer 和 minor writer 來比高低而已，我尚未見過有人把作家稱為××國的第一名、第二名和第三名這樣子來分過的。這大概是為什麼在《射鵰》和《神鵰》兩本武俠小說中，我們只知道東邪、西毒、南帝、北丐四人武功不相上下，而武功最高的中神通卻在故事論始前就已死去的緣故。（如果我們一定要在文學中找個中神通，那麼英國人當然選莎氏、西班牙人選塞萬提斯、意大利人選但丁、德國人選歌德、俄國人不選杜思妥也夫斯基必選托爾斯泰吧？法國人選那一個我就不敢肯定了。中國人，曹雪芹吧？日本人一定會選《源氏物語》的作者紫式部夫人。）

題目「非學術性」的原因之二是我們一班人，包括那教授在內，都不諳俄文。而透過英文翻譯，我們怎知杜氏的文字修養如何？這兩點，教授自然知道，因此他開宗明義就告訴了我們，這一比較完全是基於情感的喜愛。

討論的結果——或者是說舉手投票結果，不出所料，果然是杜氏獨佔鰲頭。問起原因，大部分同學的意見是：讀杜氏的小說，不管是通過那一個人的英文翻譯，我們都難免為小說內所涉及到的道德問題所吸住，而在某種場合下，我們總會或多或少地因書中主角的遭遇而引起「共鳴」之感。譬如說：我們讀《罪與罰》時就會將自己「認為是」Raskolnikov；讀《卡魯瑪雪夫兄弟》時，不是變作大哥 Ivan 就是 Alyosha；讀《白痴》時，就成了 Prince Mushkin。

我並不是說凡是能引起「共鳴」的作品就是大作品。古希臘悲劇的人物所引起我們的不是「共鳴」而是同情、畏懼和哀傷。但 Aeschylus, Sophocles 和 Euripides 等人的東西，公認是偉大的作品。同樣地，詹姆斯的人物在感情上雖或不如杜氏那麼使人「共鳴」，但詹氏在小說理論上、技巧上、文字上和人物微妙心理之探討上，真可說作了一空前的貢獻，堪與杜氏相提並論，同是一派宗師。

由此看來，我們月旦文學作品，不管用的是那一流那一派批評方法，不管步驟如何科學化，最後的好惡，難免受個人情感所左右。如教我們「現代小說」那門課的教授，最後被我們學生迫著他自己也來投一票時，他也投了杜氏。問起原因，他給了一個非常不科學的，但在我看來非常適當的答案：「讀詹姆斯時，常為他繽紛的彩句、迂迴的人物心理描寫所折，但讀過後，心中最多留下一些漣漪而已。讀杜氏的小說不同了，不管我們平日行為怎樣四平八穩，怎樣講理性，但我們不讀則已，一讀則必為他所創造的歇斯底里式的人物所吸引著，會跟著他喃喃的說：『我信仰上帝，但我不相信他所創造出來的世界！』總之，讀杜氏的經驗是一種受折磨的經驗，也是發狂的經驗。讀後心中所留下的是澎湃之情，常通宵不能入寐。」

上面這一段話，在朋友間或非正式場合間說說可以，若是書之於紙，作為衡量這兩位作家孰高孰低的標準，必為同行罵死，因為「新批評」方法之所以興起以至大行其道，無非是想杜絕過去批評家以個人情感好惡來作為衡量作品標準的流弊。但他的話，想是一般讀者要說的話。但丁的《神曲》自經艾略特重新品題以後，在學術界的地位自受刮目相看了，但今天在美國的學府中，二十歲至二十五歲那階段的學生與研究生中，閒話中涉及杜氏著作的比比皆是，以《神曲》作話題的絕無僅有。

我對十八世紀英國小說之提不起大興趣，泰半是由於個人趣味問題而已。Lionel Trilling 在他那篇著名的論文 “On the Modern Element in Modern Literature” 中，認為現代文學的二大特色，乃是對傳統文化的敵意和對自我救贖之追求。而不談救贖不已，一談救贖，就不免涉及到良心、道德、善惡和靈魂存在與否的各種抽象問題。為此原因，在現存的英美小說家中，我對英國的 Graham Greene（特別是 *The Power and the Glory*, *The Heart of the Matter* 和 *Brighton Rock*）、美國的叟爾・貝羅和瑪拉末非常偏愛。Greene 對道德和善惡問題，想得很深，認識很徹。但最值得注意的是：他對此研究越深，他小說中的道德和善惡的境界越模糊，個人良心與社會（或教會）標準衝突得越烈。舉個例說，以使君有婦之身與另外一個女人發生關係，在教會和社會看來，是「罪惡」，但假如這段「姦情」的動機是為了要拯救一個為人所棄、天涯淪落、溺於自殺邊緣的女人呢？

貝羅和瑪拉末都是美籍猶太作家，都是四十五至五十歲以上的人，曾在二次大戰中要不是親眼目擊過就是聽過、讀過和在電影上看過希特拉對自己千千萬萬同胞殺害的經驗。而今二次大戰雖過，而德國亦已復興，但身為猶太人，這種慘痛的經驗自當難忘。

但怎麼辦？除了拒絕坐德國人做的「烏龜車」、禁止自己的兒女在大學內習德文和與德國人交往外，還有什麼替自己同胞「復仇」的辦法？而日子得過下去，而自己寶貝的兒女——因他們沒有親自受到德國人迫害之苦——說不定有一天不理自己的勸告，和德國人結了婚。

行動上既然對「復仇」毫無作為，只好在精神上求一解脫。求這種解脫得有無比的勇氣，因為第一個步驟便是恕人、第二個是「虔誠」、第三個是對萬物的惊憐之心。這種精神，在瑪拉末的幾個著名短篇小說中如〈白痴先來〉、〈哭喪的人〉、和長篇小說《夥計》中表現無遺。貝羅對人類的自我救贖的問題不像瑪拉末來得積極，在我讀過的小說中，《雨王韓德遜》是個較明顯的例子。

我對小說的興趣，既為上述諸問題所壟斷，自難沉得下心來讀 Defoe 的 *Moll Flanders* 和 Fielding 的 *Tom Jones*。如果我對十八世紀的英國社會政制有特別興趣，那自當別論。有一次下了課，我與班上幾位同學談起，問他們說，如果他們不是英語系的學生的話，他們是否會選擇像 *Moll Flanders* 這一類小說來讀？他們說不會。我乃問他們原因，他們解說大概是因為此書寫於十八世紀，與我們有一大段「時代距離」，不夠現代化。此說其實是似是而非，因為單站在趣味立場來講，十七世紀初葉寫成的西班牙小說《唐吉訶德》，今天一有空閒，我就會重讀——即使不會全讀，也會讀其中一些心愛的段落——而每次重讀，不但不見沉悶，反越見「過癮」，越心儀這個走火入魔的「武士」的高貴情操。再說杜思妥也夫斯基的作品，距今亦百年於茲了吧，但今天讀來，杜氏所提出來的問題，不但不為「時代距離」所湮沒，反而更形尖銳。上述Lionel Trilling那篇文章中，就引了杜氏的《地下室手記》作為現代文學的「現代性」的重要文獻之一。

註：馬料水，香港中文大學所在地。

光緒王與廣東話

××兄：

前幾天，中文大學崇基學院為了慶祝音樂節，學生排了一連四五天的節目，有歌唱、有英語話劇和中文戲劇片斷朗誦等。我當了中文戲劇朗誦的評判。參加比賽的學生，一共有六組，其中五組選的劇本，都是舊戲如《竇娥冤》、《救風塵》等，只有一組選了姚克先生的《清宮怨》。

演出的孩子都很賣力，演西太后那位女同學，小小年紀，居然把慈禧那副專橫、昏庸無能而好剛愎自用的嘴臉演活了，但可惜他們選錯了劇本。

因為他們是用廣東話唸劇本的。廣東話唸唐詩可以，唸宋詞可以，但唸姚克先生的「白話」卻萬萬不可以。那天晚上，聽入了廣東籍的光緒王和珍妃一段對白，幾乎忍不住笑了出來。你是學過四五年廣東話的，你試唸唸下面這段對白看看：

珍：皇上要看看這隻小船麼？
光：在那兒？
珍：這不是麼？
光：呀！這是那兒來的？

聽起來很可怕，是不是？

相較之下，那些背誦「古典」劇的同學如《桃花扇》者，就佔便宜多了。譬如說這幾句：「你不要錯怨咱家。你不要錯怨咱家。誰不是天朝犬馬，他三百年養士不差。都要把良心拍打，為甚麼擊鼓敲門鬧轉加，敢則要劫搶官衙。」

同樣是用廣東話唸，這可悅耳多了。

由此，我聯想到兩個問題。第一個是，在每個廣東人——或推而廣之，每個上海人、福建人——會講流利的普通話以前，廣東人怎樣去演話劇？怎麼去演《雷雨》？《日出》？

當然，廣東話字彙豐富，表達能力高，除了一些特殊的例子外，差不多每一句普通話的口語和俗語都可以找到相同或類似的句子，譬如說，上面光緒皇和珍妃那段對白，就可以這樣說：

珍：皇上要唔要睇吓呢隻細船？

光：係邊度？

珍：呢個就係嘞。

光：呀！係邊度嚟㗎？

大致說來，任何普通話的劇本都可以「翻譯」成廣東話。問題是，效果怎樣？在我個人說來，自己雖然是老廣東，但除非我不會國語則已，若是我會國語，我絕不會去看用廣東話演出的《清宮怨》，除非姚克先生是廣東人，用廣東方言寫成這個劇本。

怪不得香港報章副刊雖有這麼多用廣東話寫成的小說，但至今尚未有人把《雷雨》翻成廣東話出售。

第二個聯想到的問題是：廣東雖出了梁新會，但五四以來的中國小說家，實在數不出幾個廣東人來。凌叔華是一個，但凌叔華早歲負笈北平，說的是國語，雖生為廣東人，卻沒有吃廣東人在口語上的虧。由此可知生為那一省人沒有關係，要想做小說家，做詩人，做劇作者，首要條件是要學好國語。

香港此刻正運動中文成為官方語言，鬧得如火如荼。我看，香港今天大中學生急切需要的，倒是推行國語運動。

白先勇的〈冬夜〉

××兄：

空郵寄來《現代文學》四十一期收到，一口氣把白先勇的〈冬夜〉看完——一邊看一邊感到發冷，這是我讀白先勇小說以來未曾有過的事。

但〈冬夜〉不是白先勇最好的一個短篇小說，無論在白描、對白和意境的經營上，均不能跟〈遊園驚夢〉、〈梁父吟〉或甚至最近的〈孤戀花〉比。我感到發冷的理由，是因為〈冬夜〉寫到了不少我們相識的人，寫到了你，寫到了我和寫到了他自己的事。我們以前看他的小說，不管寫的是樸公也好，程參謀也好，或酒女娟娟也好，看到精彩處，我們會毫無保留的叫一句，哎呀，好。我說毫無保留，因為樸公、程參謀和娟娟不管生動得怎樣躍然紙上，總不是我們自己。我們跟這些人，有一段客觀的欣賞距離。

也許〈冬夜〉裡面描寫的經驗，與作者太「貼身」的關係，所以有許多地方，他處處不能自己，不吐不快。而這也造成本篇白描少、對白多而長的理由。（你拿上面我舉出的三篇小說任何一篇比對一下，就知道。）

不過，〈冬夜〉最令我感到興趣的，不是技巧——因為這是白先勇小說中最「不以技巧取勝」的一篇——而是其中兩個人物所引起的社會性問題。

現就我想到的幾點，跟你談談，你說怎樣？

住在溫州街的余嶔磊教授的形象，在台大耽過的人，幾乎閉起眼睛都可以描摹出來。他住的房子，「年久失修，屋簷門窗早已殘破不堪，客廳的地板，仍舊鋪著榻榻米，積年的溼潮，蓆墊上一逕散著一股腐草的霉味。」這是我們耳熟能詳的事，於梨華寫過，其他人也寫過，因此，關於余教授的事，白先勇並沒有給我們多少新經驗。（值得一提的倒是白先勇區區的幾句話，就把一個窮教授的內幃不修，夫綱不振的苦況完全道了出來，且看：「隔壁蕭太太二四六的牌局，他太太從來沒缺過席，他一講起，她便封住他的嘴：『別搗蛋，老頭子，我去贏個百把塊錢，買隻雞來燉給你吃。』」）

〈冬夜〉中最令你和我觸目驚心的，自然是在中央研究院作學術演講的「國際史權威」，穿著中國絲棉短襖的吳柱國教授。在余嶔磊眼中，他是「我們這夥人，總算你最有成就。」所謂最有成就，除了著作等身外，最令余教授豔羨的，還是那種飛來飛去出席國際學術性會議的自由。為了想出國，余嶔磊出盡了各種手段去爭取機會，終於申請到了，誰料飛來橫禍，給機器腳踏車撞斷了腿。可是他還死心不息，寫信到哈佛去盡量拖延，結果他的腿沒有好，而五個月下來，哈佛也取消那項獎金了。

我上面對你說我看了這篇小說後感到心中不安的，這就是其中的一節。余嶔磊死命抓著這獎金不肯放棄，害了同樣想出國的老同學、老朋友賈宜生失去了一個機會，因為「要是我早讓出來，也許賈宜生便得到了。」結果賈宜生因環境困得厲害，太太又病在醫院，晚上要去兼夜課，一天一不留神，一交滑在陰溝裡，也就完了。「要是他得到那項獎金，能到美國去，也許就不會橫死了。」

白先勇的小說，不常用巧合來交待情節的（這倒是於梨華慣用的手法），但在〈冬夜〉裡，他接二連三的用上了。除余嶔磊被機器腳踏車撞倒、賈宜生掉在陰溝外，還有一件近乎巧合的傳奇，那就是余嶔磊腿傷的治療過程。據他自己說：「我在台大醫院住了五個月，他們又給我開刀，又給我電療，東搞西搞，愈搞愈糟，索性癱掉了。我太太也不顧我反對，不知那裡弄了一個打針灸的郎中來，戳了幾下，居然能走動了。」

白先勇大概並沒有存心要跟西方醫學開玩笑，不過，經過這「巧合」，我們可以看出作者在這篇小說內埋伏著的幾個悲涼的調子來。原來這個現在講授西方浪漫文學，閒中看著《柳湖俠隱記》的余教授，是當年「新潮社」的「君子」之一。當年他們「為了反日本，打到一個賣國求榮的政府官員家裡，燒掉他的房子，把躲在裡面的一個駐日公使，揪了出來，痛揍一頓。」那班學生是疊羅漢爬進曹汝霖家裡去的，第一個爬進去，打著一雙赤腳，滿院子亂跑放火的學生，就是現在千方百計要出國的余嶔磊。

吳柱國呢？他也不後人，第一個動手打駐日公使的，就是現在在美國撰作《唐明皇的梨園子弟》的人。這形象，多不調協，也多麼的悲涼啊！

在這方面說來，吳柱國和余嶔磊都是與白先勇其他寫得令人難忘的人物如尹雪艷、錢鵬志等有著極深厚血緣關係的人，儘管他們的出身和學養怎樣不同。因為他們都是唐玄宗的白頭宮女，只有過去，沒有現在的人物。怪不得當年血氣干雲的吳柱國，在一個學術會議上，面對著一個初生之犢的美國學生，大發有關「五四運動的重新估價」的厥辭時，竟不敢挺身而出，起來辯正，因為，「嶔磊，你想想看，我在國外做了幾十年的逃兵，在那種場合，還有什麼臉挺身出來？為『五四』講話呢？」

吳柱國沒有現在，只有過去，余嶔磊何嘗不是？吳柱國背著他們做學生時代的光榮史時，說到余嶔磊是當年疊羅漢爬進曹汝霖家去的第一人時，他「那張皺紋滿佈的臉上，突然一紅，綻開了一個近乎童稚的笑容來，他訕訕的咧著嘴，低頭下去瞅了一下他那雙腳。」想當年，哎，想當年。

余嶔磊斷了腿，西醫治不好，卻給針灸郎中治愈了；吳柱國是五四時代最尖頂兒、最「新潮」的人物，現在卻鑽回宋唐以前的中國去——這就是〈冬夜〉中兩個不調和的形象，也就是令人看了感慨萬千的形象。

張系國的〈地〉

××兄：

前幾天，一位朋友問我，張系國的小說好不好，我衝口而出說，哎呀，張系國的小說，還用問，真是的……。(此處頗得白先勇的神韻，是不是？)

記得去年台大外文系刊物 *The Pioneer* 的編輯李永平君來信向我抱怨說，唸外文系的男孩子越來越少了，稍為有點把握的，都跑到理工學院去。他的意思不難聽懂：他怕唸文科的人才越來越凋零了。

我沒有他那麼「悲觀」，因為我相信一個真真正正對文學有興趣的人，不管他唸的是什麼系，他都不會忘「本」的。反之，對文學根本沒有興趣的，即使迫他在大學文科混四年，也沒有什麼好結果。

我當時想到的例子，就是我現在要談的張系國，因為他唸的是工科。台大外文系這十幾年來幸好還出了幾個寫小說和寫詩的，不然真的羞煞人也。

張系國的〈地〉是一篇卓然不群的小說，極有個性的小說。我去年第一次承朋友之介讀這篇小說時，讀得匆匆忙忙，因此除了裡面精彩的對白外，沒有仔細想過其他細節。前幾天把這小說推薦給另一位朋友後，因恐自己推薦得過度熱心，回來後，又把〈地〉重看一遍，越覺得自己所說的確沒有溢美之詞。

茲把自己二讀的幾點零星感想寫下來，以供你將來寫「近代中國小說史」參考之用。〈地〉裡面第一段，講的是陳家三兄弟賣祖產的事。這一段雖然很短（千餘字），「內涵」卻豐富異常。

如果我猜的不錯，這陳家是台灣人，如果不是台灣人，這千多字就沒有什麼意思了，因為我是靠這一段來印證我對〈地〉一個特別的看法：台灣社會的變遷。

我也許會看錯，但且先聽我道來：

「阿爸才死，就把地賣掉，太沒有心肝。這塊地是祖產。不可以賣的了。」老二說。

「話不是這樣講，賣地是不好。但是不賣，哪一個來種？火旺不肯留下來。我在台北開店，真是忙，哪裡能夠回來？你回來種地好了！」

老二皺皺眉，猛吸了幾口煙。

「所以囉，你也不肯回來。大家都不肯回來，這塊地沒有人管，不賣掉，怎麼辦？」

「是祖產呢。還是租給別人，或是請人來種？」

「這種山地，又缺水，又多石頭，誰肯來租？請人來種，一定賠。我是做生意的，還不會算嗎？每年才能產幾十簍柑橘，二百斤粗茶。自己種，自己採，還可以賺一點錢，也不多。請人來管，付工錢還不夠。我是做生意的，還不會算嗎？」

在短短一段對白中，「我是做生意的，還不會算嗎？」一連出現兩次，可見老大這個做生意的人多神氣。看來陳家數代務農（因此是台灣人），到了火旺這代，變了，他們都不肯守在鄉下吃苦。老二起初反對賣地，因為那是祖產，恐怕阿爸在地下不高興，並非對那塊山地有什麼特別的情感。老三火旺呢，話便說得乾脆：「不行！你們到城裡做事，賺大錢，要我在山裡種地？前年我做兵回來，就要去城裡。因為阿爸在，你們要我照顧他，不能不留下來。這幾年一直在這裡喫苦，現在絕不上當了。你們誰要留下來都好。我要去城裡賺錢，娶太太，那能在這裡苦一輩子。」

三兄弟商量的結果，決定把地賣了。「花錢在報上登個小廣告吧。做生意，一定要有廣告術的呢……」老大說。

台灣本地同胞有祖田不耕，搶著要到城裡去，大陸來的同胞這二十年來作客的滋味嘗夠了，要心理和「生理」的安頓下來，這是我第二次讀〈地〉時所得到的一個非常深刻的印象。而我前面說張系國這篇小說最有個性，所持的也是這個理由。

代表大陸人厭倦了飄萍也似的生活的是李連長震之。他把退休金和半生的積蓄，以四萬伍千元跟陳氏兄弟買了那半座山地。他對他的老部下蹬三輪車的老董說：「我做了這大半輩子的軍人，雖然有個家，老婆兒子，還不是跟著我到處跑，也一直沒有安定過。想想我李震之，祖上多少代都是種田的。種田雖然苦，人好像就有了根，就連在地上了，什麼都有個寄託。我奔波了這幾十年，就想找塊地方，安頓下來，多喫點苦也情願。」

他是大陸人，為了戰亂的關係，流離顛沛，現在衣食足了（他是開雜貨店的），就深深體驗到「無根」之苦，因此不惜拿出全部資產，下鄉種田，希望從此連在地上，什麼都有個寄託。

陳氏兄弟呢，幾代居於台灣，祖上可能吃過日本人的虧，但他們和李連長最大不同的地方是，他們沒有離開過家鄉，沒有嚐過顛沛流離之苦，他們是「連在地上」的。為了這個緣故，同樣是一塊石頭地，對李連長說來是根，在他們看來是一種累贅。這是張系國經營得極為成功的一種諷刺！

即使李連長的兒子李明，大陸人流落台灣的第二代，也不約而同的跟他父親一樣，體會到做人無根的痛苦。照理說，他生長於台灣，受教育於台灣，沒有受過他父親那一代逃難的經驗，應該很可以拿得起，放得下，大丈夫四海為家一番的了(他在船上工作)。可是，他也不快樂，那天他回台北來，對他那位太妹型的女朋友周玫說了以下一番話：

「可是我上了船，在船上面壁苦思了幾個月，終於想通了。所謂的平凡，畢竟也有它可愛的一面。幾個月來，我所常回憶想念的，不是那些玩樂胡鬧的場面，倒是那些細微的小事，經常縈繞心頭。比如有一次和朋友在小湖邊釣魚下棋，等到勝負已定，把魚竿拉起來一看，鉤子上早已空空如也。兩個人拍手大笑著，索性把魚餌全拋入湖水中。又有一次，在暑假一個大熱天裡，回母校去看以前的國文老師。剛巧他成詩一首，便高興的叫我進去，搖著蒲扇，袒著背，一個字一個字的講解他那首詠雪的古詩……這些小事，回想起來，卻歷歷如在目前。……」

從這裡開始，單以小說對白技巧論，是〈地〉中最精彩的地方，特別是第四段和第六段。在此以前，陳氏三兄弟，李連長、老董、趙麻子間的對白，寫得雖然生動，但瞧不出張系國的看家本領來。

張系國的看家本領在那裡？

我說是描寫「沒有女人的男人」世界。你先別笑我這個學比較文學的見了什麼都愛拿來比較一番，平心而論，你承不承認〈地〉裡面寫得最好的一節（第六節）很像很像海明威《日出》裡著名的第十二章，那就是 Jake 和他的老朋友 Bill 在 Burguete 釣魚野餐那一章？

李明難得回台北一次，帶他太妹式的女朋友到夜總會去玩，受了一肚子烏氣，所以嘴巴說出來的，很不像對白，很不自然！「……我認識的那些人也都是微不足道的小人物，在那兒都可以見到的。但是我仍舊渴望著回去。那些美麗的城邦和海港，我總覺得不是屬於我的，我不能在那兒安身立命，只有我的那個小鎮，即使它很平凡，卻是屬於我的一塊地方。……」

可是一離開了女人圈子，李明活了——張系國也活了。在第四段和第六段中，單靠對白，不用白描，他草草幾筆就勾劃出兩個性格生動的人物來。

第四段寫李明從台北回到自己鄉下，看了父母後，再到以前的中學去找舊日的老同學。他先找到公雞（龔繼忠），然後一同去找大象。

大象的房間在教職員單身宿舍二排的最後一間。龔繼忠敲了敲門。門開處，大象探出一個頭來，哈哈一笑說：

「今天早上起來，茶杯無故打破，我心念一動，便起了一課。卦象是坤，主西南得朋，東北喪朋，我就曉得有朋友要自遠方來了。你們看我的袖課靈不靈？」

「牛鼻子老道，又在信口開河。」龔繼忠罵道：「就算對，也只對了一半。西南得朋縱然不錯，那麼東北喪朋呢？」

「東北喪朋早已驗了。西南得朋，乃與類行；東北喪朋，乃終有慶。所以東北喪朋，是個先凶後吉。上次不是傳言老程在金門誤踏地雷死了嗎？我們還準備替他發喪，那知他卻鮮蹦蹦，活跳跳的回來了。這就是東北喪朋，哈哈！」

「金門也不在東北，你少唬人。」

這種對白，看似近乎胡扯，但是深看一層，公雞和大象那種瘋瘋顛顛的話，是掩藏著這一代中國青年心中苦悶的幌子。中學和大學時代的老朋友，畢業後幾年，再碰在一起，各人際遇不同，環境各異，這時候，大家最怕的事是英文所謂 confrontation ——不但怕面對人家，也怕面對自己。辛酸事既不好一把眼淚一把鼻涕的說出來，打哈哈，自嘲自諷成了老朋友間唯一的「交通」了。龔繼忠介紹金兆年給李明認識時說的是這種話：「這位是金兆年，也是政大外交系，不過比我低一班。他現在官拜本辦公處副處長兼文書科科長兼一星期三天的工友，官位僅在我之下，也可以說是一人之下萬人之上了。」

這種例子太多，舉不勝舉，我們還是及早看看張系國「沒有女人的男人」世界吧。

在第六節裡，我們「看到老程和大象拿小石塊壓住棋盤紙，繼續著他們一百回合的象棋大戰。龔繼忠在一旁做裁判。李明躺在草地上閉目養神。小禹坐得遠遠的，眺望著谷底的風景。」

這個郊外的小天地是Jake和Bill在Burguete垂釣的清溪，是《頑童流浪記》中Huck Finn「隱居」的所在地——密士西比河。自承是靠著「憤世嫉俗」來消遣消遣，打發日子的龔繼忠，到此已不再憤世嫉俗了；因被小姐拋棄而傷心過的大象到這裡來後也不再「神傷」了。

大象和老程對奕結果，大象大輸，心裡可不服氣，叫公雞主持公道：

「賴皮。喂，裁判！」

「媽的」，龔繼忠打了個大呵欠。「兩個人各記一盤，十九比六。你們這種狗屎棋，不但鬥口，還要動手，還要搶棋子……哎呀，你們還敢打裁判。救命救命，反了反了，愛國觀眾打裁判了！」

「打死你這個洋奴，賣國賊，買辦，狗腿子。」大象捉住了龔繼忠的一條腿。「來，老程，捉住公雞那條腿。我們請他嚐嚐『烏龜望月』的滋味。」

「一句話，哈，公雞，你也有今日啊！」

他們兩人各捉住龔繼忠的一條腿，把腿按到他頭頂上，一直碰到地。龔繼忠便成了一隻蝦米，在那裡哀聲慘叫。……

「哎呀，哎呀。放了我吧，我快沒氣了。」

「好吧，稍為緩一緩。回過氣來了吧？現在，公雞，告訴我們，你望到月亮沒有？」

「沒有，沒有望到。」

「沒有望到？夥計，用刑哪！」

老程和大象一直迫供，直到公雞承認看到月亮還不算，要他說月亮是方的才放手。過後大象問：「怎麼如此不濟，一分鐘不到就屈打成招了？想當年，你可以挺五分鐘的呢。」公雞說老了，骨頭硬了。這個時候，老程出其不意的說了一句令我們非常心寒的話：

「恐怕還有一個原因。你現在已經失去維護真理的熱誠了。」

這句話，不禁使我們想起白先勇〈冬夜〉裡的「逃兵」吳柱國，是不是？公雞、大象這班人，跟吳柱國的年齡和經驗相較，還差好長好長的一段哪，可是「已經失去維護真理的熱誠」了，真可怕——可怕的是老程這句話不是說著玩的。

【第四輯】

雜文

偉大的心靈

記得好像是高爾基說過這句話：「能夠和托爾斯泰生於同一世紀，真是一種莫大的光榮。」出於高爾基之口，這不會是奉承話。托爾斯泰之偉大，不單因為他是《戰爭與和平》的作者，而是因為他的操守與人格。

在香港這個狗馬社會住慣了，容易使人對人類失去信心，憤激起來時，會覺得耶穌枉死於十字架。

於是，我們想起了甘地，想起了史懷惻醫生，想起了思想未被其徒子徒孫強姦過的馬克斯和其他古往今來的偉大的心靈——只有想到這種偉大而又美麗的心靈時，我才覺得人類有存在下去的價值。自己渺小卑微無能沒有關係，只要知道世界上某一地方某一民族有一顆偉大的心靈代表著人性中尊貴的一面就成了。

我想，高爾基（如果我記憶不錯的話）引托爾斯泰為榮，也是出於這種心理。

為此，我曾向某有影響力的雜誌主編建議過，希望他在該雜誌內特闢一專欄，每期介紹一個「偉大的心靈」，使我們這種利慾薰心的人，熟讀馬經股票行情之餘，得有機會喚醒留存在心底內那一點點殘餘的人性和靈光。

像《新階級》的作者吉拉斯 (Milovan Djilas) 就是其中這樣的一個心靈。

根據《不完美的社會》譯者葉蒼先生的資料，吉拉斯成年以後，差不多有三分之一的時間是在監獄中度過的。大約在他十九歲那年，他因負責共產黨組織的關係而受酷刑，入獄三載。可是這個熱心組織的共產黨員到了一九五三年就與南斯拉夫共黨的領導階層意見分歧，因為他看不慣他們的官僚主義作風（這就是他所稱的「新階級」）。一九五四年被黨的中央委員會開除；一九五五年因撰寫《新階級》的關係而被判徒刑三年。「匈牙利起義之後，他公開指責南斯拉夫政府沒有譴責蘇聯的侵略」而關進米特洛維迦監獄。

此後幾年，他的生活經過一波三折，但總逃不出以下的公式：入獄、釋放、再被捕、再入獄、再釋放。值得一記的是他在一九六二年因為寫了一本關於史大林的書而被捕入獄。在獄中，「他又從事寫作，不管環境如何困難。這回他沒有被單獨禁閉，但卻差不多有二年不能獲得紙張——他用衛生紙寫——他所住的監房，除了晚上一段短時間外，白天從不准生火取暖。」但他在這種環境中終於完成了四本小說的書稿，並於此次獲釋後，完成了繼《新階級》後另一本研究共產黨主義的重要著作：《不完美的社會》。這本書，是作者經過十五年悠長的歲月中，「感悟到人類社會到底是不可能完美的，他所要求的只是一個不完美，但卻是可以改良的社會。」

葉蒼先生在該書中譯本的引言中說得好：「吉拉斯關於共產主義的理論與實際見解，其重要性不單因為其本人曾因這些見解而受苦，也因為其曾是一個共產主義國家的統治者，當他和南斯拉夫共產黨決裂時，他是南斯拉夫的四個領導人之一，其他三個是鐵托(Tito)、卡特爾茲(Kardelj)和朗可維克(Rankovic)。吉拉斯且被一般人認為是鐵托的繼承者。在一九四五至一九五四年間，吉拉斯曾先後做過部長、副總統和聯邦國會議長。」

像他這個位居津要的老共產黨員，只要他在原則上稍肯妥協，少跟當權者抬摃，那麼富貴繁榮，自當享之不盡，更不用去嚐鐵窗風味了。但吉拉斯沒有這麼做。他用衛生紙在監獄裡寫文章。

還有一點值得大書特書的是，跟本屆諾貝爾文學獎得主索忍尼辛一樣，他們都是忠誠的愛國者。儘管吉拉斯怎樣在言行文章裡批評政府，在大義之前，他絕不背棄政府。譬如說，他在一九六八年到美國去，逗留了兩個月，照理說，他大可趁此機會請求政治庇護，然後可以安心留在美國，無後顧之憂地撰寫攻擊南斯拉夫政府的賣錢文章。但他卻選擇留在南斯拉夫，為改良一個不完美的社會而獻身。

因此吉拉斯實在算得上是一個偉大的心靈。

閉塞恐怖症

Claustrophobia是心理學上的名詞。鄭易里的《英華大辭典》譯為「對寂閉著的房屋的恐怖症」。這種「病症」，如果一個人被長期關閉在一個小天地中，活動範圍被限制——且不說在一個不見天日的監牢裡那麼可怕——那麼，即使平日心理異常「健康」的人，也會染上的。古人為了讀書，為了練武——為了潛心向佛而面壁十年，真是一種了不起的功夫。不過，依我想，他們能有這種超人的意志力，除了個人稟賦特異外，還有一個原因，那就是：他們是為了一個既定的目標（求正果）才肯這樣去克制自己的。一句話：他們是自甘如此的。

這與受懲罰式的幽禁自然不同。被中共關了年餘的英國記者雷格幸賴閱讀《聖經》和《毛澤東選集》而沒有發瘋，可是，到後來也禁不住「幻象頻生」了。

隨著長期閉塞而來的是另一種病態，「怕被迫害的恐懼」。這種人愛胡思亂想，好以小人之心度君子之腹，以為每個人都不是好東西。久而久之，為了「自衛」，自己先下手為強，變了「不是好東西」。

以前讀書，看到有稱日本為「島國之民，性多疑善變，心地狹窄」，當時頗懷疑作者帶了民族主義偏見，現今以「閉塞症」眼光來看，覺得實有道理。與「島國之民」性情相反的是大陸民風。不是給自己臉上貼金，就拿中國人為例吧。既然與島國之民性情相反，那麼中國人該是光風霽月、氣象萬千的民族了。於是，我們講究浩然之氣，欣賞唱大江東去式的豪邁人物。

可是這個民族到了香港，豪氣變了戾氣。

這也可說是閉塞症的現象。香港雖說是自由港，只要有錢，交通四通八達，出入無阻。但能夠有錢一天到晚飛來飛去的人，畢竟少之又少，而即使花得起錢，一年中大部分的時間你總得留在香港，與此地居民打交道。因此，我們可以說，香港是「交通最自由，心靈最閉塞」的地方。這真可怕。不說別的，就拿我們教書的來說，要是像從前在大陸，如我們在華南某一大學教得不順意，某些人或事看得不順眼，去他的，老子跑到北方去，反正中國有的是大學，只要自己的料子還不算太差，不愁找不到飯吃。

可是在香港，唉，可是在香港……。

記得李雨生先生在某期的《水星》雜誌上說過，香港這地方可怕，因為無論怎樣逃，都逃不開你不屑一顧的人與事。人這麼多而「好處」這麼少，一有點蠅頭小利，大家就像糞蛆一樣你爭我奪。

兩年前我回到香港，「天真未鑿」，寫過一封公開信，引了莊子「沾肆之魚，相濡以沫」的話來勸香港寫文章的朋友火氣不要那麼大。現今想來，自己真是好一個老天真。

基金會與文化

「××先生：

漢堡大學中文系現在正準備出版一本《中國手冊》，主編人是 Wolfgang Franke 博士。這個計劃的研究費用、出版費用，全部由福氏基金會 (Volkswagen Foundation) 負責，素仰先生……。」

這是朋友某君最近收到的一封信。我看過後，不能沒有感想。

一是福斯汽車（即所謂金龜車）公司賺錢盈利之餘，不忘文化活動。這本《中國手冊》，所包括的內容有政治、社會、經濟、大學等，時間由鴉片戰爭開始到現在。最難能可貴的是福斯公司全權交給「德國東亞學會」和漢堡大學主理，自己不因出錢的關係而堅持設立一個特別小組，研究「福斯汽車與中國市場」。

西方一般大資本家、大企業家，名成利就之餘，大多數會拿些錢出來（雖然私底下他可能是個一毛不拔的吝嗇鬼）建立一個基金會，資助大學、團體或個人從事研究文化、科學或藝術的工作。姑勿論這些人的「初衷」如何（愛譏笑人的會說如果他們的錢不花在基金會上，就得花在所得稅上），他們這種「善舉」，卻是對人類聰明和才智的最大投資，也就是對人類前途的最大投資。

在香港、台灣這兩個中國人麕集的地方，大財主不少吧？可是你要他們拔一毛，做些文化事業（如編一本沒有黨派立場的中國百科辭典）或其他公益事業，他們真會覺得心如刀割。某「必屬佳片」的電影公司，每年（？）拿出相當於一件女明星貂皮大衣價錢的金錢，在台灣設立一兩個象徵性的戲劇獎學金，居然不怕臉紅，說是「為中國培養電影藝術人才」！真是咄咄怪事。

第二個感想是西方人研究中國學問之努力。個人有個人研究，學校有學校研究，團體有團體研究，好不熱鬧。當然，熱鬧並不一定表示進步，而西方學者歷年研究「漢學」的成果，為國人詬病者亦實在不少。不過，凡事總有個開端的，如果我們覺得上一代的漢學家幼稚，乃是因為在毛澤東崛起以前，西方的漢學界太冷門了，太不熱鬧了，太缺乏競爭了。相較起來，我覺得熱鬧總比冷門好。

值得我們注意的是現在旅居異國、在外國學校教書的我國學者。他們為了現實環境需要，不能不用外文著書，但因為他們研究的是中國的學問（雖然用的可能是西方做學問的方法），所以最先受益的應該是中國學生。別的科目我不敢說，但在大學方面，劉若愚先生的《李商隱研究》和夏志清先生《中國古典小說》都是非常有見解的書，希望這兩本書快些有中文本面世，俾不諳英文而又對中國文學有興趣的人一新眼界。

記王鈴先生

一九六六年秋天，我從夏威夷大學轉到威斯康辛大學比較文學系去教書。安頓下來不久，就由中文系的同事介紹認識了王鈴先生。當時好生奇怪，因為我一向以為，這位當代中國通人還留在英國，「不見天日」，與劍橋大學的李約瑟合寫寫之不完的《中國科技史》。後來談起來，才知道王先生在劍橋那一部分工作已完，現今到威斯康辛中文系來只是訪問性質，一年後，就要到澳洲國立大學去做研究了。

開課後，我的辦公室，剛好安排在王鈴先生的對面，所以一空時，就要到他房間去聊天，發覺到這位前輩高人，不但是一本科學字典，而且還是中國學問的百科全書，與威斯康辛大學另一位中國通人周策縱先生成為中文系一對「活寶」——瑰寶之寶也。

說王先生和周先生是一對「活寶」，並非有意跟這兩位長輩開玩笑。我是將這兩位先生的學問和人品抱著萬二分的尊敬才這麼說的。迄今為止，在認識的前輩朋友中，夠得上稱活寶貝資格的為數實在不多，捨王、周二公外，就是有「老頑童」之稱的夏志清先生。

說起來，王鈴先生也夠得上「老頑童」的資格的。他在威斯康辛時，沒帶家眷，所以住在教職員聯誼會中的單人房中。吃的自然不必說了，在宿舍餐廳看見什麼就吃什麼，反正，照他自己說，在外國流浪了二三十年，已養成了「什麼東西吃下肚子都是一樣滋味」的能耐。

可幸在威斯康辛教書的和讀書的中國人著實不少，而有家眷的，在節日和週末，常常在胃口上照顧到沒有家眷的同胞。我那時尚未結婚，因此在許多吃飯的場合中遇到王鈴先生。有一次，中文系研究生郭大夏夫婦烤鴨請吃晚飯。飯後有餘興節目，因為在座的大多數是二十來歲的小伙子，因此所謂節目，也無非是「罰唱歌」之類的中學生時代遊戲。這當然不過癮，於是，啤酒洋酒之類喝得差不多後，就有人提議「扮動物」——誰輸了就要扮豬叫或扮狗叫。惡作劇一些的，還要強迫輸了的同學扮動作，在地上爬行。

這種節目，除非你不參加，一參加就難倖免。我自己自不用說。王先生也無例外。

好個王鈴，一點不含糊，一點不賴帳，一伏在地，汪汪之聲不絕，真是藝驚四座，令選他課的同學，耳目一新，想不到平日他們敬佩的王先生，不但人好，學問好，而且連「課外活動」也玩得比他們努力，認真。

論年紀，王鈴先生該是五六十歲的人了，在中國傳統社會中，尤其是教中文的，以他在學問上的成就，老早就該擺出一副德高望重的面孔來。但王鈴先生沒有。他平易近人，心腸軟得「連給學生一個B也遲遲不忍下手」。

從王鈴、周策縱、夏志清諸先生做人的風範，使我領悟到，凡有「大聰明」的人，在小聰明處，必定處處顯得笨拙異常。夏志清先生曾這麼說過：「我並不是不懂『世故』，可是，要是我花那麼多工夫和精力去研究人與人之間的利害關係時，我就沒有時間去研究書中人的人情世故了。」

正因如此，像夏先生這類的人，可能在日常生活的「人情世故」中處處鬧笑話，可是他對《金瓶梅》、《紅樓夢》中的人情世故，卻是一絲不苟的，因此常能言前人所未言，道別人不曾道。

又譬如說王鈴先生。正因為他把生命都放在《中國科技史》裡去，他就是中國科技史裡面的王鈴，只要這個王鈴站得穩，那他既有面子，又有人格，又何在乎在一個大家尋高興、湊熱鬧的場面裡扮狗叫？

寫到這裡，彷彿還看見威斯康辛大學辦公室門前一幕習見的情景。原來辦公室大門狹窄，只容一人通過，因此每次王鈴先生和周策縱先生下課後回辦公室時，狹路相逢，你推我讓，誰也不肯先進，僵持達一兩分鐘，害得急著要上課的同學站在他們後面乾焦急。

每到此時，我的一位洋同事就說：“They are truly beautiful human beings!”

今是昨非

記得好像是 Max Eastman 說過，廿世紀知識分子有一種特色，那就是個人政治或宗教信仰的移轉。換句話說，一個少年皈依天主教的人，到步入青年時多讀了點書，對天主教天堂地獄的界說感到非常失望，因而轉奉佛教。或有人在年輕時，深信共產主義的理論和方法乃拯世救民唯一途徑，故不惜犧牲自己的學業和青春，「把一切獻給黨」，不料到中年後，逐漸發覺到自己早年「委身以事」的黨，竟是一個大騙局，不但出賣了自己的理想，同時也害苦了早年自己要獻身拯救的陷於水深火熱的同胞。於是，他乃猛然反省，轉投自由主義的陣營，以「今日之我」的精神，對以前效忠過的黨或信仰，口誅筆伐。

這種信仰轉變的型式，是沒有一定的。既然有人因對天主教不滿而改奉佛教，那當然亦會有佛教徒因相似的原因而成為天主教徒。在政治上亦一樣：今天的自由主義者，可能是明天的共產主義信徒。

但是不管這些人轉變的型式是從左到右也好，或從右到左也好，只要他們轉變的動機不是看風駛帆的，出發點是為了忠於個人理想的，那麼，即使他們在一生中數易其「主」，也不足為怪。不但不足見怪，我們還佩服他們的「不惜以今日之我攻昨日之我」的勇氣。一個人擇到「善」，當然要「固執」，但如果發覺到這個初時認為是善的「善」變了惡時，如果還執著下去，就變成「執迷不悟」了。

Richard Crossman 所編的那本題名 *The God That Failed: A Confession* 其實是一本很精彩的「今是昨非錄」。（齊文瑜先生——即夏濟安先生——譯為《坦白集》。）在這集子中「坦白」的六個人（Arthur Koestler, Ignazis Silone, Richard Wright, Louis Fischer, Andre Gide, Stephen Spender）中，名字最為中國讀者所熟悉的，大概是《地糧》的作者紀德了。而他的經歷，也最能代表我們上述那種「今是昨非」的精神。據該集的引言說，紀德之信奉共產主義與後來之訪問俄國，乃因一次非洲旅行（一九二五年七月）所引起的。原來他在法屬赤道領土，曾目擊土人受白人欺凌壓迫的情形，大為驚震，歸國後思想即起轉變，並自謂「渠在心中，始終是一共產黨，特不自覺耳，即其信基督教最虔誠之時，仍是一共產黨也。他於其日記中曰：在貧富不均之國，有一公式，最令人憎厭，即所謂：『流汝額上汗，獲我盤中餐』。俄羅斯之最令彼激賞者，即此公式之廢除也。」

紀德之「信奉」共產主義，有兩點很特殊的地方。第一，他家境富裕。第二，他是個喀爾文教徒(Calvinist)。

於是，在一九三六年六月，他便應蘇聯作家協會之請，到俄國去訪問。他不去猶可，去了之後，又受到一種與他十一年前在非洲時所受到的打擊一樣，因為「在俄國，使我感到頂深的痛苦的，就是那些在國內的頂不願意看見的事情，在俄國偏是到處看得見——我指的就是我所希望能永遠廢除的各種特權。」

從俄國歸來後，紀德再恢復其個人主義和自由主義的人生哲學。

難得的是，紀德竟有如此先知先覺的能力。瞿秋白同樣是書生，又懂俄文，在俄國住了兩年多，卻「覺悟」得這麼晚。不過，晚雖晚了點，他在汀州獄中所寫的「多餘的話」，卻比紀德沉痛多了；「我不怕人家責備，開罪，我倒怕人家『欽佩』。但願以後的青年不要學我的樣子，不要以為我以前寫的東西是代表什麼主義的。……因為『歷史的誤會』，我十五年來勉強做政治的工作。——正因為勉強，所以也永久做不好。」

他的自供中，最發人深思的一句話，大概是：「可笑得很，我做過所謂『殺人放火』的共產黨的領袖（？），可是我確是一個最懦弱的『婆婆媽媽』的書生，殺一隻老鼠都不會的，不敢的。」

香港自一九六七年暴亂以來，有許多所謂「義士影人」的，這些人之「幡然改過」，與個人心智活動無關，因此他們的行為，不能以「今是昨非」目之。

但香港有不少以前左派文壇一流好手，早在一九六七前就脫離港共陣營，自立門戶（但卻沒到台灣當義士），卓然有成。

這些人脫離共產黨，如果不是為了利，一定有其「今是昨非」的理由。

我們希望他們能像 Koestler, Orwell 或瞿秋白一樣，給我們報導一些他們「從希望到幻滅」的切身經驗，好給後世留個交代。

無痛死法

英文中，有個不大常見的字，euthanasia，一般字典譯為「無痛苦的死」，「無苦致死術」。前一陣子，報章上刊載過某英國醫生，因倡導提前協助百分之百無機會康復的病人結束其生命而受譴責。這位醫生談的乃是euthanasia。看著患癌病、患心病、患肺病的病人苟延殘喘，明知是死，不如早死，省得痛苦。

Cyanide（氰化物）之類的毒物，據說凡做諜報人員者，都有配備，以防萬一失手，可以來個「無痛而終」。在電影上看過不少「拷打不招」的忠臣烈士，「英勇」為上帝、為主人、為國家犧牲，真是「鼎鑊甘如飴，求之不可得」。但那畢竟是英雄豪傑之輩，凡夫俗子實難效法也。

因此，不論看電影也好，看書也好，看到「烈士」被奸人迫供時，每搁心自問：如果我和他易地而處，受了這麼多皮肉之苦，我會講話麼？拷問的刑具，有鞭子，有燒紅的烙鐵，有針刺……照自己捱痛的能力講，只消給任何刑具碰一碰，什麼事也會馬上從實招來的。

但如果有氰化物……。或者國家機密就可以保存。

由此我們可想到慷慨赴死易，從容就義難的真理。幾千幾百個人，喝了老酒，號角一吹痛痛快快的大喊一聲「殺呀」，直衝總督府或諸如此類的衙門，相較起來，比一個人孤零零的上刑場好受得多。

怪不得研究馬盧 (André Malraux, 1901–1976) 小說 *Man's Fate* 的批評家都認為，該書的 Shatov，實在是近代小說中最能代表人類 fellowship 精神者。他被捕後，因有氰化物在身，可「高枕無憂」，但他的同伴在混亂中卻把毒藥丟了，眼看就要身受火灼酷刑，驚慌得哭起來。Shatov 怕他受不了，乃把自己身上那份毒藥送給他，自己不消說要替他受煎熬之苦了。

一九六七年暴動時，共產黨隨時有把五星旗插在香港總督府的可能，我常想著 euthanasia 這個偏僻的字。

他生未卜

照一般批評家的意見，文學上自然主義之沒落，最重要原因之一，是因其遺傳學的觀點，剝奪了人性的尊嚴。這裡所指的遺傳學，並不狹義的單指血統；也指客觀環境，如自少長於娼門，耳濡目染的當然與娼門有關。

近代小說家捨棄了自然主義對人生的看法，也就是肯定了人性的尊嚴，認為人後天的努力，比先天條件的限制重要得多。這正應了中國人所謂「將相本無種，男兒當自強」的老話。

今日的批評家，在理論上雖然推翻了自然主義悲觀的論調，但在我們的生命中，受「遺傳」影響的地方，著實不少。我自己就常這麼想：

如果我是學文科的，我多希望生於書香世家，父親是個外交官，在我牙牙學語的時候，帶著我到各地走，使我從小就對西方幾種重要的語言，琅琅上口。

父親如果是個遜清舉人進士之類的學者，那麼，家中自然「談笑有鴻儒，往來無白丁」，父執輩自然是活動的文學史人物，對他們思想，行為和作品，自少就能如數家珍，省得日後捧著文學史來背誦他們生硬的名字。

既生於文繡之家，自少當然有機會觀摩各式各樣的古董字畫，長大後，這便成了自己「與生俱來」的學問，不用再強記些書畫名字和年代，俾能附庸風雅。

或者父親是個新派的人物，拉小提琴，畫洋畫，自己從小既聞絲竹之聲，長大後雖不一定靠此藝為生，然對音樂的常識，總比一個父親賣鹹魚的人佔便宜得多。

勤固可補拙，後天的努力誠然可以補先天的不足，但做學問，學語言，習音樂，二十歲以前沒打好根底，想成大器，實非個人意志可能辦得到。

如果自己既非生於文繡之家，資質又非特別過人，再加上經濟壓迫，頻年戰亂的顛沛流離，那只好歎一句：「他生未卜此生休」了。

美麗的新世界

不知毛澤東有沒有想過，如果他的「理想」全部能在中國實現，中國人民能「幸福」到什麼樣子？「無產階級專政」、「工人當家」後的中國，是什麼樣子？或者我們問，如果毛澤東思想全部實現後，他「貶為庶民」，他會不會得到幸福？《毛語錄》據說可治百病，但到毛澤東病重時，給他看病的大夫不給他打針服藥，就拿出《毛語錄》來唸著給他聽……

毛澤東的中國治平了黃河水患，建了長江大橋，爆了原子彈，據說快有飛彈。照這種情形發展下去，總有一天可能會發展到赫胥黎所預言的「美麗新世界」。毛澤東會像那個世界的元首對我們說：

「因為我們的世界不像奧賽羅的世界。沒有鋼鐵你就造不出汽車──同理，沒有不安定的社會你就造不出悲劇。今日的世界是安定的。人們很快樂，他們要什麼就會得到什麼，而他們永遠不會要他們得不到的。他們富有；他們安全；他們永不生病；他們不懼怕死亡；他們幸運地對激情和老邁一無所知；他們沒有父親或母親來麻煩；他們沒有妻子、孩子或者情人來給自己強烈的感覺；他們受的制約使他們身不由主地實實在在行其所當行。假使有什麼事不對勁了，還有索麻（按：即迷幻藥的一種）。……」

（譯文採自黎陽先生譯本，台北志文出版社出版。）

這個世界，沒有貧窮（進步的人民公社）；沒有生兒育女之苦（人類傳宗接代由試管負責）；沒有婚姻制度（但性慾卻隨時可找服了藥的女子解決）；沒有喜怒哀樂（有可以控制人類每一種情緒的藥丸配給）；沒有死亡的恐懼（有迷幻藥之類的藥丸服用）。

人類要付什麼代價？

一切心靈的活動。因此沒有宗教、文學、音樂、藝術、哲學──沒有個人意志。借用黎陽先生一句話，這是一個把現代文明基礎「建諸科學發達之上，而採取殘忍的集體主義形式來蹂躪人性價值」的世界。

在「美麗新世界」中代表著人類呼聲的是「野人」。黎陽先生在該書的跋中指出，這個「野人」就是小說家勞倫斯的化身，「他厭棄強求『單一』的元首的想法，而追求『多樣』的人生，是莎士比亞式的、健康的生命力的禮讚者。」他否定了這個「美麗新世界」中所代表的價值，堅決地對他的「元首」說：

「可是我不喜歡安適。我要神，我要詩，我要真正的危險，我要自由，我要至善。我要罪愆。」

「事實上，」瑪斯塔法・蒙德說：「你在要求著不快樂的權利。」

「那麼，好極了，」野人挑戰地說：「我是要求不快樂的權利。」

「不消說，還有變老，變醜和性無能的權利；罹患梅毒和癌症的權利；三餐不繼的權利；汙穢的權利；為不可知的明日而不斷煩憂的權利；感染傷寒的權利；被各種難言的痛楚折磨的權利。」

一段漫長的沉寂。

「我全部要求。」野人終說了。

悲哀的是，中國大陸的人民，沒有這個「野人」的福氣，他最少還有選擇的權利，而大陸人民在槍桿下，只有「聽毛主席的話，依毛主席的話去做。」

《紅字》的作者霍桑說 Roger Chillingworth（Hester Prynne 的丈夫）最不可饒恕的罪惡是「傷害人心的尊嚴」(violating the sanctity of the human heart)。

毛澤東最大的罪惡，是滅絕中國人的靈性之光。

我拒絕接受他給人的定義。

十塊錢與文化

聽說香港稍為有點自尊心的報章雜誌，稿費都付十元，扣掉標點符號，實收八元。（當然也有大牌作家收千字四五十元者，但因少如鳳毛麟角，不足為例。）

文化老闆花十元八塊，就可以買賣稿人的文化，誠人間慘事哉。怪不得香港有一家門面甚為工整的日報，登載的一段題名「人海波瀾」的連載，作者連名字都懶得署上。「文藝青年」時代的作者，寫稿為了出風頭，為了向女朋友誇耀自己才華，沒有稿費，只要能登出自己的名字，也樂得去寫。長大後，從前的女朋友變成了今日的黃臉婆，為了稿費，只要文章登出來，名字要不要無所謂。

嗟乎，我們做教書匠的苦苦培養青年寫作興趣莫非誤人子弟乎？

俗謂一分錢一分貨，拿十元八塊去買一千隻中國字，當然買不出什麼文化貨色來。

於是每天佔著一千字地盤的所謂專欄作者，乾脆就把這塊地盤看作私人通訊站，或寫情書，或發私憤，或給自己有過好處的酒樓菜館做些義務宣傳。

Any complaint?

十元八塊一千字，難道你要我到圖書館去做考證工夫乎？但站在文化老闆的立場說，作者也不能有什麼怨可抱的，你不寫，爭著要寫的人多的是。

前些時看和路迪斯尼的《森林奇遇記》，那隻大狗熊唱了一支甚合港人心態的歌，名叫 Bare Necessity。人生所求的基本需要，無非是一飯一宿，香港大部分人所求的，亦無非是一飯一宿。一飯一宿求得滿足後再進一步求官能的刺激與滿足。這個時候看報紙，最關心的是狗馬新聞，戲院和舞院的廣告，從馬場、戲院、舞院或公寓出來後，如果仍有精力翻開報紙，則會找段武俠小說或言情小說看看。

文化既無市場，難怪文章這麼不值錢了。

靈魂導師

凡人都有給人說教的天性。做總統的，好以文告的方式給我們說教；做老闆的，即使斗大的字不識十個，也可通過「鬼作家」或秘書之流給下屬來個「訓令」。

即使財勢均無的人，如想過過說教癮，也可回去板起面孔向老婆孩子訓話。

向人說教，動機總是好意的多——雖然有些人僅為了過癮說說而已。因為如果不是想對方「好」，根本就懶得說了。

因此小學教師，中學教員，總是苦口婆心的勸學生要努力做個好孩子，用功讀書，聽父母話，不要粗言粗語等……。

但做老師的，最少在理論上如此，自己得先要用功讀書，自己先不要在人家面前說「國罵」。說了其實也不要緊，但可不能給自己學生聽到。

雅瑟・密勒的名劇《推銷員之死》裡面有一個發人深思的插曲。老子一天到晚在外面忙著賺錢，有一次，寂寞之餘，乃與一個小女子鬼混起來，不幸給小兒子看見。自此以後，小兒子對父親的印象完全改變。不管 Willy Loman 以前是個怎樣的模範丈夫，模範父親，此刻在他兒子的心目中，卻像犯了原罪的阿當，等待救世主的救贖。

Willy Loman 自然沒有救世主。他的唯一機會，是等兒子長大成人，等兒子做了人家的父親，那時，他也許會在「寂寞之餘」時，幹出他老子當時的事。那時，他也許會原諒他的父親。

中國傳統的教育家，常常「教訓」為人師表者，在授課之餘，要注重青年「德育」之培養。什麼是德育？雖無明言，但想距「忠、孝、仁、愛、信、義、和、平」、「禮、義、廉、恥」的範圍不遠。

這種種美德，真是「知易行難」，在小學和初中教初生之犢背背可以（因為他們大概連這些美德的真義都不會全懂也），但要在大學裡由大學講師來推銷，真是侮辱大學生尊嚴也。

美國的「超級大學」如加州大學的授課方式——一個課室擠六七百人上課，教授藉電視設備來講解——雖不是一種理想的教育方式，但由於美國就學人數日增，想最後會變為一種普通的方式了。說不定，二三十年後，更進而為一種世界性的教育方式了。

其實，令美國教育界擔心的倒非是老師與學生人數的比例，而是這種授課形式所代表的道德面。原來今天美國一般的大學講師，不論其授的是自然科學也好，人文科學也好，他們對學生和學校負責的，僅是書本上的知識而已。他們僅負責傳授知識，很少對學生談到做人方面的事，換句話說，他們只做青年的「知識導師」，不做青年的「靈魂導師」了。今日大概只有神父牧師才會做青年的「靈魂導師」了。

因為凡說到做人方面的事，就非說教不可。但他們能對大學生說些什麼呢？既對人說教，自己就先得規行矩步。自己要是憎恨資本主義社會，就得脫離資本主義的社會，放棄資本主義社會的生活，這種身體力行，用行動來支持理論，需要很大的犧牲。如果耶穌在釘十字架時，所說的話，不是「父啊，寬恕他們」，而是「我痛，我痛，我妥協了，你們放我下來」，今天大概不會有基督教了。

做「靈魂導師」的人如果忠於自己良心，相信終日必會為一事耿耿於懷著：這麼一大班青年跟隨著我，事事以我為示範，我怎知道我走的路線絕對正確？萬一不正確，不但誤了自己，而且也害了千千萬萬的人。這個時候，「靈魂導師」的名氣越大，隱憂就越多。

美國前總統詹森，聽說是個權力慾極強的人，但據一九七〇年元月五日出版的《時代週刊》報導，他在一九六四年五月私下在一張白紙上記下了兩句話，以誌當時的心境：「我們這時代需要一個領導我們，說出我們心聲的人。我瞧著這目標盡力而為了許久，但我知道我不是那個人。」

勞爾夫・雷德

住在香港和台灣的中國讀者，大概很少機會聽過勞爾夫・雷德 (Ralph Nadar) 的名字吧。但如果你用美國汽車，你應該感謝雷德，因為他給你加了許多安全設備，如安全帶，遇壓力時自動折斷的駕駛盤等。他在一九六五年出版了一本《在任何速度駕駛都不安全》(*Unsafe at Any Speed*) 的書（原是獻給一位因車禍成殘廢的老朋友），把美國出產的汽車，罵得狗血淋頭。通用汽車公司因其製品 Corvair 受攻擊得最烈，乃派人私下調查雷德的身世，大概想查出他的後台老闆是誰，進而收買他。

不料雷德動機純正，通用汽車公司觸了雷，只得由其總裁出面道歉了事。雷德因此一夜成名，自此以後，成了美國的民間英雄。

此公何許人也？

根據一九六九年十二月十二日《時代週刊》的資料，雷德是黎巴嫩移民的後裔，自小家教甚嚴，其母在帶他看電影前，必向親友打聽，那一部片子是「不宜兒童觀看」的。

在普林斯頓讀書時，雷德就用功得出名，校方特給他圖書館的鑰匙，使其能通宵達旦的工作。普大畢業後，轉讀哈佛法律研究院。

像他這樣的學歷和人才，你一定以為他位居津要，收入不菲了吧？

他住的房子，月租八十元，衣著隨便，鞋跟磨得平平滑滑的。

他的收入呢？因為他不在任何機構任職，所以亦無固定收入，生活靠稿費維持（希望美國的稿費，不會低至港幣十元千字），靠演講費維持（有每次低至五十元，高至二千五百元者）。

如果他肯出來做事呢？

如果他肯替「律師樓」之類的機構做事，年薪可得十萬以上。

如果他肯說一句話，說某某公司的產物品質可靠——如此地的女明星拿起一塊自己從來連淨手都不屑用的肥皂作狀曰「我愛用××香皂，因為它使我皮膚潔白」之類——他大概一次可賺夠一年半載的生活費。

但他沒有說過任何商品一句好話。不但沒有說，而且為了避嫌，家裡連電視機和汽車都不用。

他不自我宣傳，不居功。最近，有一個美國團體，為了表彰他提高美國產品質素的功績，特開會授獎給他。接受獎品後，他發表演說，對授獎給他的主持人，微有責備之意。他說：「你們為什麼送獎品給我？我所做的，不過是我的份內事而已。」

他不為名，不為利，每天工作十六至二十小時，朋友或客人來電話或敲門到訪，他極少理會，每天就是工作，工作，工作……。究竟為什麼？

英文叫整天閉嘴不離上帝的人為God-intoxicated man。像雷德這種人，我們無以名之，姑稱他為truth-intoxicated man（沉醉於真理的人）。汽車設備不安全，是一種欺騙；香腸的製造過程不衛生，是一種欺騙；給小孩子玩的玩具如手槍刀劍，會影響其心理，是一種欺騙——總之，一切不符合品質標準和道德標準的美國產品在雷德說來都是一種欺騙。

欺騙是真理的反面，因此我們說他是個truth-intoxicated man。而一個人能找到一件事去「沉醉」一番——如宗教，真理，藝術，學問等——運氣不小。只有這種人才活得充實，活得有意義。其快樂實非我們凡夫俗子所能想像。

死亡五部曲

芝加哥大學的庇靈士醫院 (Billings Hospital) 四年前主辦了一個別開生面的研討會。到會聽講的有醫生、見習醫生、護士、見習護士及神職者。但到這研討會講話的，不是什麼名教授或學者，而是在該醫院中明知自己沒有希望天天等死的病人，如白血球過多症、癌症等。開辦這研究會的主要目的是聽取這些病人在死前的心理反應。

據主持該研討會的 Elisabeth K. Ross 醫生與病人會談的結果（可參看她寫的書，*On Death and Dying*，麥美倫公司出版），病人從獲悉自己的病況到死亡，一共經過五個感情轉變的階段：

㈠拒絕接受事實——為什麼偏要是我？

㈡憤怒——起初不肯相信醫生的話，後來體重日見減輕，痛楚日見增加，不由得不相信了，於是乃生自己的氣，人家的氣。

㈢「討價還價」時期——通常這是與上帝「做買賣」時期。許多人為了要活久一點，答應以餘生奉侍上帝，或是答應死後以身體獻給醫學研究。

㈣哀痛——討價還價無效後，病人知大限已至，想到親人，朋友，以及在世上貪戀過的事物，不禁悲從中來，難過不已。

㈤接受命運——經過上面四個階段的轉變後，病人只好認了命，數著日子等死。

Ross醫生從這些病人中得到一個結論，那就是，大多患了絕症的人雖然都希望醫生把他們的病況坦白告訴他們，但做醫生的卻不應給他們一個「生命的期限」，說可以活多久多久。因為如果你說一年，病人就會整天數著日曆過日子，這種心理負擔，比死亡更難受。

死亡有多種——我不是說「重於泰山，輕於鴻毛」那種分別。最無痛苦的想是無疾而終的死，橫死（如午夜睡得正濃，忽來一個大地震，連人連房子一概埋入地縫中）。總之，不用受痛的死，事前不知死期已到的死，無知覺的死，都屬幸福的死。

等死的滋味最痛苦了，尤其是像上述那類患了絕症的病人，一天天的數著自己的壽限，還要加上肉體的痛苦。(當然，說得曠達點，我們誰不等著死？)所以，我們可以說，「死亡不是痛苦的，等著死去才是真正的痛苦。」

中國人對死亡好像看得比西方人灑脫，最少在文字上如此。「千古艱難唯一死」的「艱難」二字，意思很多，但大概不會指死前肉體的痛苦。殷海光先生死後，他在港台的學生和朋友，為文紀念他時，只談他的學問，人格，理想，情操，但殷先生死於肝癌，死前一定很痛苦。這種痛苦，想與他理想之不能實現一樣難受。

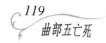

過年與過生日

除了愛熱鬧的小孩子外，我找不出大人喜歡過年的理由。同樣地，除了過了七十歲的人外，我想不出我們為什麼要慶祝生日的理由。以前西方有錢人的家庭，女孩子到了寂寞的十七歲時，就希望有一天一醒來，已成了十八九歲的「小婦人」——夠年紀要求父母給自己開一個「入世舞會」（通常在十八九歲生日時開），從此自己便可以放開懷抱去交男朋友而不必顧慮到在旁邊虎視眈眈的監護人。但過了這個生日會後，這位曾經一度是小婦人的女孩子，大概不會再對生日舞會生出什麼翹企之情了。

過了七十歲就不同。「人生七十古來稀」，過了七十歲而不死，就有晚輩向你求教長生之道。如果你平生不二色、煙酒不沾，那麼懿德自可垂訓後人。但如果你是個風流種子，煙不離手，飯不離酒而居然活到七十歲，那真是一個「活著的傳說」了，後生小子向你老人家討教的地方正多。總之，過了七十歲的人，除了對自己的兒女媳婦是一種罪惡外，對每年一度來參加你壽宴的朋友來說，是一種莫大的安慰。如果你是個好人，那自然，因為仁者壽。如果你是壞人，那麼與你同類的朋友看見你還是那麼好好的活著，以後就更可放心做壞事。

至於活到七十歲對自己來說是不是一種快樂，那是另外一個問題了。我想，「訪舊半為鬼」該是一種很凄涼的境界吧。看來我這種急性子的人，不到六十歲，就有點活得不耐煩了，要「先走一步了」。

在沒有「秋收冬藏」的工業社會中，過年根本就失去了原來的意義。「年關」是一個可怕的字眼，使我們想到錢、想到債、想到一年中躲著不見面，但現在在應酬的場合中非要假惺惺一番不可的朋友，想到家裡孩子等著要穿新衣，想到去年年夜時……。

過年實在不是好玩的事。六七年前在美國當學生時，有一年除夕，為了考驗自己忍受寂寞的能耐，推卻了一切好朋友的飯約，自己一個人關在公寓的房子裡，熄了燈，什麼事也不做，躺在床上「守歲」，一直等到過了午夜十二時，為的是要看看十二月三十一號的晚上，從十一時五十九分到元月一日十二時一分這天地交替的兩分鐘與平日有什麼分別。

當然我沒有發覺到任何分別。這等於我們住在沒有春夏秋冬之分的地區分不出春夏秋冬的道理一樣。

話雖如此，年還是要過的。過年給我們一種季節更替的秩序感（住在東南亞的人當不在此例）；使相信命運的人有個寄望（「尊造逢子年大吉大利」）；使迷戀權勢的人知道「年壽有時而盡、榮辱止乎其身」這句話不是說著玩的。

如果三百六十五天後不是一年；如果三十天後不是一月；如果七天後不是一週；如果二十四小時後不是一天——那人生太單調得可怕了。長生不老是上帝對人的懲罰。天堂和地獄不知有沒有過年這種習慣，如果沒有，必是個寂寞的地方。還是佛家輪迴轉生之說有詩意些。將來死後，願神、願佛、願上帝給我再生為人的機會吧，雖然活在世上實在是苦多樂少。

一九七一年除夕，新加坡

空中奶奶

小時候，聽到某人某人要坐飛機來，心裡老覺得好羨慕。坐船、坐火車，我們孩子都坐過。所以覺得沒有什麼了不起。唯獨坐飛機，確是一種極大的吸引。所住的地方近飛機場，每次看著那隻展鐵翼而飛的大鳥，心中就想：我將來一定要當飛行員。

小孩子所要求的就那麼簡單，能夠坐上飛機起飛就夠了。他沒想到，為了要爭取「大人」坐某一航空公司的飛機，廣告公司出盡法寶，務使你相信同樣是波音七〇七的飛機，同樣的座位設備，我這一家就比人家好。好在那裡？呀，花樣多了，且聽我道來。

我們生長在一個所謂「大眾傳播」的廣告世界，因此今天無論買些什麼東西，光顧那一家商店，都難免受到宣傳廣告的影響。看電影如此，買手錶鋼筆襯衣亦莫不如此。坐飛機呢，那更當然了。最近看雜誌，知道美國一家內航公司，設計了一張非常別緻的廣告畫：一位活潑、美麗、青春、笑臉迎人的空中小姐說：Fly me。結果受到女權運動分子的杯葛，認為有侮辱女性成分。Fly me 照譯過來是「飛我」，有沒有雙關含義，自己不是美國人，不得而知，但人就是人，不是飛機，怎可以飛的？難怪女權人士生這麼大的氣了。十多年前，英國海外航空公司有一幅「亞洲版」的圖畫廣告，裡面是一位穿著長袍的中國老先生，眼鏡提到額前，閉目凝神，舒舒服服的坐著，後面站著一位漂亮的英國空中小姐，處處表現出服務態度殷勤的樣子。宣傳字句也簡單，英文是 To London，中文是「去倫敦」。倒過來唸，就會唸成「敦倫去」了。這與「本日大賣拍」有異曲同工之妙。

如果英國女權運動分子有懂中文的，翻起這筆舊帳，那還得了？

說起空中小姐，就繼續談空中小姐吧。除非美國女權運動健將有一天能夠成功地運用其影響力，要航空公司立下法案，以後聘請空姐，以「老」「醜」為標準，否則，在這可怕的一天到臨以前（這裡說「可怕」，不單站在男人立場，而且還站在美國航空公司的生意立場，容後分說），我們愛看美人的男乘客，還有偶然看到漂亮空姐的機會。可不是嗎，這兩天馬星航空公司在中英各大報招請空中小姐的廣告裡，第一句就是 "You are a young, attractive and intelligent girl"（你是個年輕貌美而又聰明的女孩子）。試改為：「You are an old, ugly and intelligent woman（你是個又老又醜的聰明女人），來投考我們的公司做空中奶奶吧。」

果有這麼一天，唉，我們坐船吧，坐船還有海可看。果有這麼一天，我們大概再也看不到泛美、環球和西北這種霸道的美國航空公司廣告了。因為他們的生意都被女權落後國家的航空公司搶光了。他們會在廣告上說：「美國大爺，來坐我們公司的飛機吧，我們的服務小姐年輕、貌美、溫柔、體貼入微。你坐我們公司飛機一次，包管你在一小時內得回你在美國失去的做男人的尊嚴和信心。來吧，你應該因你生為男人而驕傲……」

有一家航空公司的廣告用了「千里共嬋娟」這句話，真是神來之筆，雖然這間公司的空姐不一定都是嬋娟——你向他討杯咖啡時她可能會瞪你一眼，「現在忙，你看不見嗎？」那沒關係，你會安慰自己說，「下一次吧，下一次也許真嬋娟會出現。」

廣告大部分是騙人的玩意，但最少在這方面，我們寧願被騙，寧願去聽假話，也總比面對「既老且醜」的事實好。

譬如說，日航公司的廣告，就曾用「你進了我們的機艙，就等於走進一座日本花園

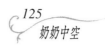

一樣」這種宣傳。再加上一位穿上白和服，面貌看來好像是年輕時司葉子一般靈氣的空中小姐在旁拈花微笑……看了令人神往良久。

日航我倒坐了三次，可沒有看到什麼日本花園，也沒有司葉子，初以為自己坐的是經濟客位，乃在下機時故意在頭等出口處下機，也一樣沒有看到花園盆景之勝。騙人的，你會說，但你會不會出此下策，拿著廣告去找他們的經理，說貨不對辦而打官司？不會吧。再說，景由心生，你「看」不見日本花園，可能是你自己俗念太多。哈，哈，對不起。

吃的呢？前幾年從美國採道歐洲返港，坐了六七家航空公司的飛機，經過六七個國家，發覺所吃的東西，無論英國起飛也好、法國起飛也好，吃的東西，都是大同小異，不是牛排便是雞腿，到最後兩站時，已吃得痲木了，分不出牛排與雞腿的滋味。

這兩年，坐中華航空公司的機會倒多。記得第一次踏上「自己人」的飛機時，腦海中就浮起該公司在《時代》和其他報刊上所登的有關吃的廣告。最令我注意的倒不是穿著旗袍的空中小姐，而是擺在客人面前的酒菜，這些廣告上有一句：We are the flying Chinese restaurant（我們是飛行的中國飯館）。心想：這回該換換口味了，北京鴨，炒三鮮，中國菜天下無雙……誰料，陣勢擺好（空中小姐把我面前那塊墊著飯盤的木板放下），纖纖玉手端上來，竟是一塊似曾相識的牛排肉，天哪，何造物之弄人！這時如果要我面對現實，我寧可取「老醜」而棄牛排了。

不過，話說回來，我對「飛行中國廚房」所產生的幻想，實在是天真的想法。因為一來機艙內是空氣調節，不能明爐烈火下烹製，二來即使環境許可，大蒜、辣椒、豆瓣醬在熱烘烘的鍋裡一翻身，那麼中華航空公司以後大概只剩下湖南和四川的老鄉了。連廣東同胞也不願意酸著鼻子去捧場。坐飛機，原為交通需要，這與坐汽車是目標完全相同的。資本主義社會自由競爭的制度下，各出奇謀，於是汽車裡（如果你花得起錢的話）有冷暖氣，有電冰箱、有音樂、有電話電視和倒下來可睡覺的椅子，不一而足。汽車既然這樣，那麼空中飛行的飛機（坐半小時一小時的飛機可能是享受，坐五小時以上的，簡直是大劫），在替顧客解悶的原則下出花招，也算是一種商業道德。

旅館

出門的人，總會住過旅館的。到一個地方可能有朋友招待，可是到第二個地方，不會這麼巧又有朋友招待吧？而且，住到朋友家中雖然比住在旅館親切，但不可能比旅館方便。不管怎樣熟的朋友，甚至兄弟，那總是人家家裡。既是人家家裡，就有一定的拘束。譬如說，你是個早眠早起的人，偏碰到夜遊神的朋友。晚飯後，你已經昏昏欲睡了（明早還要練太極拳呢），他卻越說越高興，頻頻為你奉煙添酒。如果他是個慣於鑑貌辨色的人，該看到你常常掩著嘴偷偷打呵欠而「饒」你一次，可是他偏有閉著眼睛說話的習慣……這種場面，你說糟不糟？

於是你想：早知如此，住旅館好了，寧可多花一點錢，也求睡個舒服。心情不好時，在門外掛一個「請勿騷擾」牌子，吩咐電話生不接電話，這樣，小天地就是你的了。幾時起床，懶得穿衣服，打個電話，就有熱騰騰的咖啡雞蛋麵包果汁送上來。

當然，只有所謂「觀光」級的旅館才有這種專為懶人而設的服務。口袋裡少一個錢，花不起，或者不幸出差到不毛地方去，只有客棧，而無旅館，那又作別論。

我在馬來西亞曾經有過這麼一個經驗，一個人開車，預算趕兩天的路。每天計算好在一個大城市停車歇宿，誰料開到傍晚，突然拉肚子，而距離下一個城市目的地還有一段路，迫不得已，投宿一間類似茅店的客棧（當時下意識地以為能夠親自體驗一下「雞聲茅店月，人跡板橋霜」的境界，也是人生一快事也）。

一進門，身兼茶房老闆打雜的一位華僑全身打量了我一番，用廣東話問我找誰。我說明了來意，他帶我走進一間沒有編號的房間，亮了頂多不過四十燭光的電燈。我一關門，就找廁所。那裡找得著。乃氣急敗壞的去找老闆，問廁所在那裡，他不懂；洗手間在那裡、化妝室在那裡，他不懂；便所在那裡，他也不懂；迫得捫著肚子，做出各種手勢，他才恍然大悟的說：「呵，屎坑」（毛坑）。

一到那個「坑」，我再不想聽雞聲也不想再住茅店了。可是肚子偏不爭氣，只好抱著養病的心情留下來。馬來亞天氣，白天炎熱，晚間也有涼如水的時候，因此看著氈子雖然髒，為了怕受寒，也只好蓋上了。剛一闔眼，小腿驟覺有蟻走的感覺，初以為這是因住茅店，所以起了偏見上的幻覺。誰料一兩分鐘後，蟻行如故，由小腿到大腿，乃推被而起，亮了電燈，極目細視，呀，虱子，好大好黑的虱子，好大好黑的虱子。不能再遲疑了，乃推醒老闆，付過房錢，冒著再拉肚子的危險，連夜趕路去也……

與茅店大異其趣的旅館當然是希爾頓式的國際一流酒店了。這種酒店的價錢，實非升斗小民所能負擔得起的。生平僅住過兩次，而且都不是出於自願的。第一次是在一九六七年夏天，我從美國取道歐洲返港，沿途所經歐洲各國如英國、法國、瑞士、丹麥等，住的都是航空公司安排的二三流旅館。可是從羅馬飛土耳其伊士坦堡那一天，我因早得朋友勸告，說中東那帶地方，治安不好，兼以語言不通，所以寧可多花一些錢，也是住一流旅館的好。(我當時在這方面頭腦也簡單些，以為旅館價錢與當地的國民收入成正比，譬如說，在美國一個單人房收費二十元美金，那麼土耳其或其他「落後地區」的同級旅館該收對折吧？後來發覺這是老天真的想法。原來一流旅館裡面用的吃的——除了員工外——全是洋貨。既是舶來品，也就難怪價錢不「克己」了。)

因此，我托航空公司代訂希爾頓，反正住的就是那麼一天，反正人生一世，以後可能連第二流旅館都住不起呢。

計程車一到旅館門口，就有小廝擁著來開車門，端行李，跟著就是九十度鞠躬，說：「Conichiwa」（日本話「你好」），我一肚子不高興，罵了一句「你奶奶的，凡是黃面孔的都是日本佬麼？」（反正他們也聽不懂）。

茶房（姑緣用老稱呼）帶我到房間去後，就恭恭敬敬的站著，等的當然是小費——這與住茅店時老闆從頭到腳打量客人一番的經驗迥然不同。俗謂「一分錢，一分貨」，這句話，用到旅館等級上，真的不錯，因為是生平第一次住一流旅館（雖然在此以前曾到一流旅館看過朋友，但看朋友住的與跟自己住的畢竟大有分別），所以茶房一離開房間後，馬上就全房巡視一週。唉！真虧他們想得到，不論喝的（房內設有電冰箱，內有啤酒果汁等飲料），用的（擦皮鞋的絨布），式式俱備，真可說是「體貼入微」。要喝開水，所有的杯子都用白紙封好，上書「經已消毒」字樣——即使貼上這封條的「下女」手上本來就沾滿病菌，可是，誰知道？既然「經已消毒」，你自然就會放心多了。

差一半左右的價錢，在享受上就有這麼大的分別。不但享受上高人一等，單就與人方便，與己方便來講，一流旅館與茅店的分別也實在不可以道里計的，這裡可打長途電話，發電報，而且，還可以給你的愛人或太太送鮮花，以表思念之情。

可是，對我個人說來，在伊士坦堡希爾頓過的兩天並不愉快。

毛病出在旅館的所在地。一般說來，一流旅館要嗎是設在郊區，依山面海；要嗎是設在市區中心。伊士坦堡的希爾頓既不在鬧市，也不在郊區——對我這個剛離開美國的人說來，伊士坦堡的希爾頓設在貧民窟。每次，我離開紅色地氈的酒店範圍外出「觀光」時，就有各式人等上前向你兜攬——有伸手向你要錢的，有向你兜售黑市美鈔的，有賣水果的（其中最引我注意到的是黃瓜），有拿著手提體重機問你要不要量體重的……。這種經驗對美國闊佬說來可能很新鮮，可是對我們這種來自貧窮國家的東方人說來，實在痛苦。

在外面匆匆走了一轉，實在沒有心情再「觀光」了，乃召了計程車逕返旅館，拉上厚厚的窗幔，讓柔和的燈光、紅色的地氈、壁上廉價的複製油畫和無始無終的輕音樂遮蓋了室外不調和的匱乏與貧困。

時代越進步，旅館的用途越複雜。顧名思義，旅館是「未晚先投宿，雞鳴早看天」的歇足點，可是今天的旅館大者可作國家元首或政府機構的行宮，小者可作情人小聚之所。同樣是吃飯睡覺的地方，在英文有hotel, inn, tavern, lodge。中文的花樣更多，旅館、飯店、酒店、賓館，不一而足。而這些還算是正統的稱呼。在香港，名堂之多，簡直令人目為之眩，什麼公寓啦、招待所啦、別墅啦、迎賓館啦。外國遊客初到香港，看到這些名稱雅得可以的擺設，以為可以在裡面一洗舟車勞動之苦，必會得到相反效果。

旅館乎？客棧乎？正名之難，無過於今日。

敬悼盧飛白先生

昨天收到夏志清先生的信，說盧飛白先生於三月十號去世了，死於癌病。約莫半年前，我從志清先生處得知盧先生患食道癌入院治療的消息，想不到，竟沒治好。

我跟盧先生只見過兩次面，通過一次長途電話和一封信，所以，嚴格來講，沒有什麼交情。我現在仍不知道他的年齡、籍貫，更不用說他的生平了。(從志清先生的來信，我才知道他是清華大學畢業後拿公費出國的，同年去的還有楊振寧與何炳棣。) 可是，一個活人向一個死人致悼念之意，不在交情深淺，而是活人對死者那番敬意。而盧飛白先生的學問與人品，都值得我尊敬的。

第一次看到盧先生是在艾奧華城聶華苓家裡。如果記憶不錯，那該是一九六六年冬天的事。據聶華苓對我說，艾奧華大學的中文系請盧先生來演講，並有意羅致他來教中國文學。我到艾奧華城那天，盧先生已演講過，正準備回紐約去。而我也只能跟盧先生在客廳聊了幾句。盧先生不善詞令，不大愛講話，因此，雖然有些談笑風生的人在五分鐘內能令你留下深刻的印象，盧先生卻不是這種人。我們默默的坐在客廳裡，我問他一句，他答一句至兩句。但他的態度是誠意的。如果換了一個很看得起自己身分地位的前輩，那麼我一定會以為他是敷衍我這個後生小子。但我當時沒有這種感覺。

後來盧先生沒有去艾奧華，據說他還是覺得教英國文學有意思。我聽了後，對他驟增幾分敬意。雖然我跟他在這一點的看法不同（我已多次在「海外專欄」提到這點，茲不贅），但我覺得這個人對自己的興趣，真的一點也不含糊。他明知今天以中國人的身分在美國教書，教中文無論如何比英文吃香，薪水高些，升級機會和到「有名」的學府去任職的機會大些。

但盧先生仍留在他的 C. W. Post 學院，當他的英文助理教授。這固然與個人興趣有關，但另一方面——願盧先生原諒我說這句話——可能是他潛意識驕傲心理的反映：你們吃古董飯，我偏不吃。這種心理我自然了解，如果我在英國文學方面的造詣能比得上盧先生，說不定我也會學他這樣子。

一九六八年春天，我準備回香港中文大學教書，起初只計劃在那裡耽一年就回美國，因此威斯康辛的比較文學系系主任 Stephen G. Nichols 先生要我找一個人來替我的課。中文系的周策縱先生提到了盧先生。那時，盧先生的博士論文《艾略特詩律中辯證法的結構》一部分剛好由芝加哥大學出版，所以這個建議很容易獲得系方通過，乃把這消息打長途電話告訴盧先生，他也很高興的接受了。當時我私下還有一想法，以盧先生這種人才，既要教英文，也該來威斯康辛教啊，不講名氣（因為盧先生這種自甘淡泊的人大概不會看重這個），但讀書環境、同事素質、研究風氣、圖書館藏書，也該比 C. W. Post 學院好。這麼想過後，乃把剛買來的盧先生的書，轉給英文系一位很有影響力而對中國人特有好感的教授 L. S. Dembo（到過台灣，也粗懂中文），希望他能成全我這番心意。

我離開陌地生 (Madison) 前，聽說 Dembo 和另一些教授對此書很有好評，因此盧先生來時，有機會的話會請他在英文系開一門艾略特的課。

一九六九年春，我決定留在香港，辭去威斯康辛的職務，而盧先生不但話不多講，信也不多寫（我回香港後沒有收過他一封信）。他沒有在威斯康辛留下來，我也是間接從朋友處得知的。至於是否他不願意留下來，或是學校沒有留他，那就不得知了。最令我遺憾的是，我至今仍不知道他有沒有在英文系開過課。

鍾玲的來信中，有一封提到盧先生，說他一年到頭都穿著黑西裝，常常一個人在寒風下的陌地生街頭踽踽獨行。

盧飛白先生十多年前在《自由中國》寫了好些文章，在有人把盧先生的英文著作翻成中文前，我們似可把他的中文作品彙成一個集子。

盧先生的學問我們不一定會欣賞到（太專門化了），但盧先生對學問那種擇善固執的操守，足為我們這一代尚算年輕的人所效法。

一九七二年四月十五日，新加坡

觀光事業與國民健康

觀光事業與國民健康，乍聽起來，是風馬牛不相干的事。但只是乍聽起來而已，細想一下，關係密切。當然，我這裡所指的健康，是心理健康。

工業不發達資源不豐富的所謂「發展中地區」，為了爭取外匯，不得不想盡辦法發展這種無煙工廠生意。既要人家來玩，就得給人家看一些、吃一些、玩一些人家在家鄉不容易得到的東西，或者即使得到了也沒有比本地出品那麼貨真價實、那麼正統的東西。

這不是容易辦得到的事。因為遊客有多種，心目中所要的東西因人而異。記得客居美國時，有一年冬天，零下十多度的天氣，又陰又冷，差不多有一個月沒見陽光了。忽然看到一張佛羅烈特州邁亞美城旅館在報章上登的廣告。一位戴著太陽眼鏡、穿著比基尼泳衣的金髮美女，覆著身曬太陽，說文只簡簡單單的一句："Come, the Sun is yours!"

（來吧，陽光盡歸你所有。）看了後不覺怦然心動。心動的不單為了這位美女，而是需要戴黑眼鏡、穿泳衣的陽春天氣。相信這個時候，在寒流瑟縮下的居民，老的、少的、男的、女的，看到這幅廣告，都會怦然心動，因為他們心中都有一個共同目標，曬太陽。可是，寒流一過，這幅廣告的價值就打折扣了。

由此可見辦旅遊事業之難。新馬一帶，也以陽光著名，但不幸的是鄰近的國家如印尼、泰國、菲律賓等，不但比這裡的人窮，而且陽光出產，也有盈餘，賺不到他們的「陽光錢」。講名勝古跡，比不上泰國；講農村風味，比不上印尼；講世紀末的狂放大膽，比不上菲律賓。

剩下來的只是新加坡政府官員的紀律嚴明、街道清潔、經濟成長的欣欣向榮、國民進取心的「勇猛剛強」，凡此種種，足為東南亞諸國的模式規範、社會學家的研究對象。可是，若以此招徠，則是旅遊事業一大忌。蓋遊客心理，自私得很，他一出國門，在下意識上會希望下一個訪問國經濟會比自己國家落後些（如此土產東西會平宜些），社會風氣和男女關係會隨便些（如此可以多享受些官能刺激），政府和其他民政機構效率低些（如此比較之下，可增加對自己政府的信心，滿足自己的自大心理）。因此，如果以政府效能、經濟進步來做觀光宣傳，可能會招來從落後國家來的遊客的反感與妒忌。

比較起來，香港這個只愛鈔票不愛面子的地方就佔便宜。兇殺、搶劫、販毒、迫良為娼等案子，無日無之，但既與英國人無關——只要當地阿飛搞不到他們身上去就河水井水不相犯了——這就不算丟他們的面子。只要東西便宜、北京鴨子做得好、姑娘漂亮，遊客就會一批一批的湧到。他們才不管這個政府廉潔不廉潔、人民是否「勇猛剛強」。香港的遊客區如果可以公開的開設鴉片煙館，好此道者的遊客，照抽不誤。

照理說，遊客既是客，除了住的旅館比我們住的平房貴、買東西時比我們普通居民肯捨得花錢外，並無特權，因此，他們怎樣會影響我們當地人的心理健康呢？會的。因為比起印度、非洲或東南亞其他地區的國家說來，我們雖勉強說得上富裕了——最少，大部分人有飯吃、有房子住——但比起西歐、北歐、美國、和日本來，我們實在是窮國家。當然，上述四個地區的國家，也有窮人，但他們的窮人，都躲在家裡，不會出來住希爾頓酒店當遊客。能夠出來的，總得是中上之家，他們平日在家省吃儉用，一有機會出來一次，大吃大喝之餘，就大量添置奢侈品如珠寶、手錶、相機、衣服等（此中尤以日本遊客為甚）。他們買的區區一隻手錶，就是美金伍陸佰元，也就是說，台灣公務人員和大學教授半年以上的薪水。如果遊客區當作半個綠燈戶處理，那就是說，除遊客外，盡量禁止台灣當地窮人進去，那麼，壞影響還可控制。但這當然是辦不到的事。

既然辦不到，遊客日常的所作所為，多多少少會成為當地居民的「豔羨」對象。因為遊客享有的，他們也想有。意志力薄弱一些的，就會因此走入歧途，成了真真正正的男盜女娼。對奉公守法的人說來，士氣打擊之大，無可估計。

西方遊客跑到他們認為是「落後地區」的地方來尋開心，有個最要不得的心理。他們認為，既然你的地方成了觀光中心，那麼「觀」過「光」後，大爺喜歡的東西，都可以買。不但東西有價，連人也有價，差點沒有在額頭上標出來而已。別以為我誑言恐嚇。香港尖沙咀區一帶以遊客為對象的商店、旅館以及舞院，一切無不以奉侍遊客為主要對象。遊客過後，你走進去，他們才以不得已求其次的心情招呼你，冷冷的。

尼克遜訪大陸前後，不少歐美的航空公司和對旅遊業有興趣的西方人士，希望毛政權從此拉起竹幕，放西方遊客進去。這真是老天真的想法。不是毛澤東和周恩來不要賺外匯（若不想賺外匯，在香港和新加坡就不會有這麼多的「國貨公司」），而是他們知道這些遊客錢不好賺。據說尼克遜夫人赴宴和參觀芭蕾舞劇時，她每次出現，坐在她背後的紅朝新貴舊貴的太太小姐，眼前總是一亮。亮什麼？豔羨之光而已。找上帝作證，尼克遜夫人身上穿的是什麼，她們都想要。

試想成千成百的美國、歐洲、日本遊客大量湧到廣州、上海、北京的街道時，單是他們身上穿的奇裝豔服，就使廿年不知自己是男身還是女身（穿中性裝的關係）的大陸同胞，夠眼花撩亂的了。

而且，大陸同胞從這些遊客所穿、所用、所看、所說的，從他們恣無忌憚的態度，一定會推想到好多東西。他們一定會想知道《毛語錄》以外的世界。

這還得了。

【第五輯】

你一定要愛英文

你一定要愛英文

五十年代，我在台北念大學，西門町陋街窄巷，有相命小館。裡面陳設如何、館主風貌何似，因從未光顧，不知究竟。至今記憶猶新的是門扉上那對聯：

袖裡乾坤在
壺中日月長

讀詹德隆「精英求英」專欄〈不能接受的錯〉一文，忍俊不禁，一點不假，真的噴出飯來！可不是麼，你到五星飯店吃西餐，甜品過後，侍者上前沒頭沒腦的問你："Are you finished?" 若是農曆新年期間碰到這麼一個「語無倫次」的堂倌，恐怕會不利流年。

不知怎麼搞的，我捧腹讀完這篇「莊諧並茂」的大文後，驟生幻覺，朦朧中竟把我們這位漸生華髮的「香港十大青年」，跟給人指迷津的命館相士形象交疊起來。

看似匪夷所思，其實道理相通。今之方士按八字測前程。洋秀才詹德隆把學英文的心得公開出來，嘉惠學子，功德無量，這不正是「袖裡乾坤在，壺中日月長」淑世精神的寫照麼？

怎樣提高學子英文水平是香港教育界當務之急。各說各話，聽多了，自己也迷失了方向。

學英文僅為閱讀能力，多翻字典，不明就裡的地方不恥下問，假以時日，知書識字絕無問題。

但英文寫作要得心應手，非鍛鍊上乘武功不可。據《南華早報》一月六日一篇報導，中文大學在一九九七年對六百二十名同學做了調查，問他們學習英語的困難是什麼。百分之六十三的同學表示，字彙不足是他們不能達意的最大障礙。

多看英文書報、養成口袋帶記事簿的習慣，在地鐵、在停車場、在超級市場、在大會堂、在任何公私場所看到英文「生字」，抄下來，回家查字典。這是書本以外增加字彙的可行方法。

如果香港學子學習英文的「障礙」，僅限於詞彙不足，那不難「對症下藥」。中文大學英語教學中心一九九八年增設 vocabulary expansion 的課，想是應運而生的措施。

即使學藝不精，把「我們搬家了」誤作 We have been moved 的，也有希望糾正過來。今後中小學英語課程加強文法的練習就是：學生應該知道什麼是 active voice，什麼是 passive voice。

這裡得打個岔。在英式英語地區中，Are you finished? 是大忌，說不得。正如詹德隆所說，這等於問人家，「你完蛋了沒有？」

但在美國一般餐廳侍者要收盤碟時，不會咬文嚼字的問客人，Could I clear away your plate, Sir? 或 May I clear away your plate, madam?

他們大概一點也不囉嗦，會直截了當的問你：Are you finished? 或 Are you done? 如果不以入鄉隨俗心情處之，到美國餐廳吃飯一次，就「完蛋」一次。

這是題外話。我們還是回到英文寫作這範圍去吧。

詹德隆看到 Your credit card is expired 的通知而「笑破肚皮」。他提供了兩個「修正本」：一是 According to our record, your credit card has expired. 這句子的文法和語法都四平八穩。套用港人的說法，「可以出街」了。

但他認為如說成 Our record shows your credit card may have expired. 更見發信人的修養。此說甚是。關鍵字是 may，把原來「根據我們的資料，閣下的信用卡已到期」硬繃繃的說法，改為「可能已到期」。加上 may，一來聽來較禮貌，二來亦留餘地：因為「我們」的資料，可能有錯。

由上例可以看到，說寫英文或任何一種文字，「實用」(practical) 以外，還有「文化」(sophisticated) 的層次。

學英文到了某一階段，要更上一層樓，說句洩氣話，有志不一定事竟成。記得我念小學時，Longman 版的英國小說名著「簡易讀本」教科書會告訴你，讀完這本書後，你已學會了多少英文生字了。

這類以字彙容量編寫的教科書，有顯見的優點：學生英語的進度可以「量化」。看自己的字彙「拾級而上」，有統計數字可以「稽考」，成就感非常「落實」。

可惜一上大學，看書再不能靠「簡易讀本」了。以量而言，看書和寫英文作業理應該比中學時期多。但自己英文究竟有沒有進步?進步了多少?因無「量化」資料,只能憑感覺。

就我個人學英文的經驗而言,這確是莫大的苦惱。我沒上過中學,但五十年代在當時剛開辦的達智英專 (The Progressive English Tutorial School) 上過一年 Form 5 的課(每天兩小時)。

老師是 da Cruz 先生,當過《南華早報》記者,雖是葡裔,但言談舉止,價值取向,比英國人還要英國。

他是好老師。課本的作業外,還要學生每週交一篇作文。功課發還給我們時,紅筆改得仔細。他認為是上上之作的,會挑出來讓同學在班上朗誦,算是「表揚」。

但若屢犯基本錯誤,如把「我們搬家了」說成 We have been moved,那可慘了!da Cruz 老師會把你的錯誤即時「遊街示眾」,看你下次還敢不敢!

上這一年每天兩小時的英語課,因有老師督促,自知英語日有進步。兩個學期下來,參加了 Form 5 single subject 的會考,一試過關。

近讀于青女士寫的《張愛玲傳》,裡面提到中學時代的張愛玲教導弟弟學習中英文的寫作方法：「要提高英文和中文的寫作能力，有一個很好的方法，就是把自己的一篇習作由中文譯成英文，再由英文譯成中文。這樣反覆多次，盡量避免重覆的詞句。如果能常做這種練習，一定能使你的中文、英文都有很大的進步」。（引自張子靜著：《我的姊姊張愛玲》）

張愛玲跟 da Cruz 拉不上關係，可怪的是他們對學習寫作的理念，竟如此不謀而合，尤其是「盡量避免重覆的詞句」這一方面。

原來 da Cruz 先生要我們做的 composition，不是寫什麼「香港之秋」或「維港夜色」這類老套題目。他會給一篇從報章雜誌剪下來的「小故事」，要我們除了人名地名物名這些不能以同義、近義詞替代的名詞外，文內所有的動詞和形容詞，全部得以同義、近義字取代。

句子的模式，也盡量求變，如原文用的是 active voice，就改成 passive voice、compound sentence 改成 complex sentence 等等。

這種訓練，令我一輩子受用。Form 5 的我，「小小年紀」，就要努力學習 emotional 跟 emotive 那一線之隔的分別。若是把皮肉之 pain 說是 suffering，老師就會用紅筆一勾，說：“Don't exaggerate. You are too young to fully appreciate the meaning of suffering.”

幸好那時字彙有限，不會把 pain 誤作 auguish，不然老師準會說「少年不識愁滋味」了。

會考放榜後，我拿了那張 single subject 的證書報考台灣大學的聯招試。這是「老話」，不必在此重述。

到了台大，遇到恩師夏濟安先生。夏老師教的是英國文學史，除期考外，再無其他習作，因此自己寫的東西，沒有什麼藉口拿去給老師修改。

幸好大三那年，外文系同學籌辦英文刊物 *The Pioneer*，推我出來當主編。我擬好了發刊詞，拿去給老師看。過了幾天，老師約見，在用詞遣句上給了我好些意見。事隔差不多四十年，當年他說的話，不及細憶，但幾個要點還不敢或忘。他說，寫 academic English 文體一定要 dry，要 lean。刪。刪。刪——刪去句子中不發生作用的字眼。

老師還有一句近乎「金科玉律」的話：「文章要自己修改，不能靠別人。」

怎麼改？多看名家作品，就這樣簡單。

老師當年說的話，還有一句可圈可點的：「你要學好英文，一定得先愛上英文！」

你愛上了英文，進修就會自動自發，就會精益求精。英文的確可愛。不說別的，英文功力修到可欣賞莎劇，已是絕大報酬。

Let's fall in love with the English language.

《信報》，二〇〇〇年四月十二日

吃飯的工具

香港從前是殖民地、今天是「一國兩制」下的特區，正因情形特殊，教學語言才會出現魚與熊掌間取捨的問題。

要不然，母語授課，天經地義，還有什麼好說的。

如果單從功利著想，「弱國寡民」的國家為了方便與船堅砲利的強權交往，在教育上乾脆全盤西化算了，何必疊床架屋，提倡什麼國語，保護什麼固有文化。

正如張立在《信報》所說，語言是勢利的，「跟著權威、金錢、國力走……這是無可避免的！母語教學也好，英語教學也好，都無所謂，隨其所好……」（〈誰是老母？〉一九九七年十二月十八日）

這種論調，幾近教育無政府主義。如果行得通，倒可省下不少納稅人血汗錢。你想想看，若把統籌香港教育各式各樣的「衙門」廢了，發揮教育自由市場的精神，貫徹有容乃大的宗旨，讓中制、英制或中英雞尾制的課程，百花齊放（也自然淘汰），那不是天下太平了麼？

這種局面一出現，那一種模式可以獨領風騷？

先說我過去兩年間，因職責關係，參加了不少有關九七後香港語文「前景」的研討會。其中一次有人提到，由於香港是殖民地的關係，過去幾乎所有華洋雜處的場合，lingua franca 都是英文。

與會的一些同胞，雖然自己英語辯才無礙，但覺得「上國衣冠」，為環境所迫而滅「漢聲」經年，心有不甘，希望九七後的香港能配合政治形勢，「撥亂返正」一番。

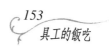

記得當時氣氛凝滯。稍後，有白髮老叟陰惻惻的說：「可是，我們別忘了，英文是 language of the pocket！口袋的語言。」

發言貴言簡意賅。「口袋的語言」，就是吃飯的工具。話說得市儈不過，但教育除了形而上的求索外，還得兼顧民生問題。以此層次觀之，此公的確「君無戲言」。

看來中文在國際成為 language of the pocket 的日子出現前，學生和學生家長對用那種語文教學的取捨，很難不出現一面倒的現象。

香港中學教育積聚下來的問題，千絲萬縷，說不清，也說不完。其實，用母語教學，只要自然科學之類的教科書用英文教材，不失為可行的折衷辦法。

清一色的「英制」，有違香港「回歸」的原旨不說，教出來的子弟，一放學回家就喝令目不識ABC的父母 cool man cool（恕無適當中譯），要他們 freeze（別動），這也不是味道。

千字為文，未能盡意。盡心而已。

《明報月刊》，一九九八年二月號

口袋的語言

詹德隆〈發揮香港本色——國際性：「人」話既通「鬼」話更靈〉一文，題目怪趣，卻掩蓋不了作者對香港前途的擔憂。

文長五千餘字，羅列具詳指出自然資源短缺的香港，面對貨幣高企、旅遊業蕭條、和貿易轉口港的地位日漸衰落的種種不利條件下，今後的經濟生態，「仍有發展餘地的行業只有一個，就是服務性行業中的金融業」。

普天之下，有資格成為國際金融中心的都會不多。因為「除了要外國銀行林立之外，還要有發達的金融行業，包括股票、債券、黃金、期貨、外匯、衍生工具、投資銀行業務、商人銀行業務、私人銀行業務、資金管理和保險業務。」

金融中心要取得國際地位，本身應有足夠的條件方便往來客戶跨國直接溝通。今天世界兩大金融中心是倫敦和紐約。所有法律條文與商業條款，自然以英文為本。外國金融中心要跟他們打交道，也只好以英文為據。

物華天寶的巴黎，銀行多，也有股市交易；作為金融中心，順理成章。只因法國人在語文上守貞不二，一直對英語擺出「法蘭西可以說不」的冰冷冷態度，所以巴黎還不是國際金融中心。

英語既主導世界金融業的機制與運作，像巴黎、莫斯科、東京、和法蘭克福等名都大邑，躋身不到國際金融中心的地位，也不足為怪了。

詹德隆說在語文的取捨上，德國人不像法國人那麼「沙文」。因為「德國有很多大公司的董事局開會，居然是用英文的。……正因為這樣，所以法蘭克福如想成為國際金融中心，機會會比巴黎好。」

我對此說存疑。銀行界高層開會用英文是一回事。若是德國人金融業所有的法律條款清一色以英文為本的話，就是另一回事。因為這會牽涉到「國格」和德意志人民身分認同等問題。除非德國人也像我們一樣奉行「一國兩制」。

上海是歌舞繁華之地，照理說有資格成為中國國際金融中心的。但依詹德隆看，上海今天還沒有具備下列四個不可缺少的條件：

㈠要有可自由兌換的貨幣

㈡要有可令人信任的法治

㈢要有資訊自由

㈣日常運作要用英文

這些條件香港今天還可以說不欠缺——只要以後不要「一味顧著中國化」就成。

詹德隆認為，「香港人比新加坡人有創意、有活力、有生意頭腦，比台灣人英文好、閱歷豐，香港無外匯管制，做生意容易。」

把新加坡人和台灣人這麼「比下去」，人家大概不服氣。但就香港的前景而言，詹德隆把香港作為國際金融中心的地位，看作我們「最寶貴的資產」，理論上是站得住腳的。無他，中國三十五個大城市，符合上述四個條件的，只有香港。

據詹德隆引用的資料，今天香港的服務性行業佔了國民生產的百分之八十五左右，而賴以賺錢的，「主要是金融、旅遊、零售和其他服務性行業。靠工業賺錢的國家不需要工人能說英文，這點道理不辯自明。但靠服務性行業賺錢的地區能不用客戶所說的語言提供客戶所需要的服務嗎？」

這就是說，香港的經濟前途，繫於服務行業。而服務行業能否運作正常，得看我們有沒有足夠的既通「人」話，「鬼」話更靈的專業人才去應付需要。

我們在這方面的條件如何？詹德隆說：「很不幸，香港近年來的英文水準拾級而下，幾乎到了無可藥救的地步。」

那怎麼辦？幸好他只是說「幾乎」無可藥救，因此還有希望。更可幸的是他願意「對症下藥」，答應就這問題再寫幾篇文章。

詹德隆的「續篇」，依他〈發揮香港本色〉一文的結尾語看，將會繞著英語的功能與香港的經濟前途這範圍著墨。

九八年十月三十一日，我曾引用 David Crystal 著作 *English as a Global Language* 資料，在《信報》發表了〈英語算老幾？〉一文。文中指出，英語在「現代社會」的日常生活中，佔了「龍頭老大」的地位，並非因為語文本身比其他的優秀、較科學、易上手、或比其他的語言「美」。

英語是「一哥」，因為它是先進科技、國際貿易、高等教育、聯網資訊的 lingua franca。因此是「富國強兵」的語言、權力的象徵。

九七年底，我參加了一個「華洋雜處」的校際「工作」會議。與會者的「洋」跟「華」相對，比例少得幾乎是「一枝獨秀」。但為了易於溝通，大家發言還是用了英文。

那時香港回歸不久。一位後生突然有感而發的問：「我們發言為什麼一定要用英文？」

場面很「窘」。主席「愕」在那裡。

過了一會，一位「外國專家」終於開腔道：「我們用英語對話，因為英文是 language of the pocket，就這麼簡單。」

Language of the Pocket，口袋的語言，就是與我們生計有關的語言。話說得一點不帶情緒，cool 得不得了。

細想也是。動氣不得。沒有英語作媒介，香港每天影響我們「生計」的運作，也得中斷。

在香港日常操英語的，母語不一定是英文。要是我們受「民族主義」情緒操縱而「排外」，像法國人一樣排斥英文（其實法國人在教育上一點不敢怠慢英文），讓所有「老外」

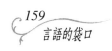

自覺無以聊生，最後一走了之。這情況一出現，香港便垮了。

一國兩制下的香港特區，賴以維生的，的確要發揮曾德隆所說的「本色」。Cultural arbitrage（文化套戥）的工作，語言根底差一點的，也做不來。

香港學子的英語水平，怎樣去提升，想將是曾德隆要討論的一個題目。他〈發揮香港本色〉一文這樣開頭：「董建華的施政綱領中，最少人有異議的，應是兩文三語了。不過，這個語文政策實行起來卻不輕易，如果教師的素質不改善，教學的方法不改進，幾年下來不但不會見成績，而且極有可能是每況愈下，前景令人擔憂」。

以我個人經驗言，要改進的不單是教師素質和教學方法。對學子而言，除了這兩個客觀條件外，最不可或缺的是自己的上進心。

上進心是主觀的、自動自發的。八十年代初，我任教的美國威斯康辛大學陸續收了不少大陸來的研究生，其中有我自己的學生。

跟其他同事一樣，我對這類「劫後餘生」同學的英語水平「半信半疑」，儘管他們都通過學校對「托福」英語測驗的要求。

兩三年下來，我們再無「偏見」。他們在課室內的表現，一般來講絕不比香港來的同學「遜色」。

課餘談起他們在大陸學習英語的經過。不錯，以學習環境（包括師資）而言，文革後初期的情形，比「土法鍊鋼」好不了多少。但客觀環境儘管簡陋，卻阻撓不了他們極力爭取一切學習機會的決心。

這決心使他們的學習態度由被動變為主動。破釜沉舟，一切為了要「放洋」。這就是上進心的原動力。

我們香港學生的求學態度，「倚賴」心是不是重了點？過於倚賴政府、老師、教材？我是老派人，實在不敢說是不是，因怕招「老餅」愛說「風涼話」之譏。但的的確確，我現今所說、寫的 functional 英文，是自修得來的。

話越說越離題，我們還是等德隆先生「出山」，給我們「面授機宜」吧。

《明報月刊》，一九九八年十二月號

英語算老幾？

Esperanto 一般英漢辭典譯為「世界語」，乃波蘭眼科醫生柴門霍甫 (L. L. Zamenhof) 於一八八七年所創。Esperanto 本與「世界語」無關，只不過是柴氏所用的筆名。Esperanto 衍生自拉丁文 sperare，意謂「懷抱希望的人」。

「世界語」是什麼一種語言，自己從未涉獵，不知究竟。辭典的解說是：一種根據主要歐洲語言常見單字栽培出來的「加工國際語」(an artificial international language)。Esperanto 今天鮮有人齒及，想推行的成績不如理想。依稀記得巴金早年「迷」過一陣子。此「加工」語文既不入時流，因此不會有什麼「實用價值」。不過巴金是個有「懷抱希望」習慣的人。他習世界語，也許與致力世界和平的抱負有關吧。

若以功利和容易受落的觀點看，那麼今天流行的語言中，最夠得上稱為世界語的，不用說，當然是英語。

要學術發達、科技進步、生意興隆、異族溝通方便……總之，為公為私，普天之下心懷大志的人，齊心學英語就是。一種語文普遍到在世界各地「一呼百諾」，就是世界通用的語言。說英語是世界語，因此比說 Esperanto 是世界語來得名正言順。

Esperanto 是一種烏托邦式的嘗試。因無宗主國，即使風行天下，弱小民族也不會有尊嚴盡失，國格淪亡的顧慮。

英語可不同。英語固然是莎士比亞的文字，但同時也是十九世紀英國和今天美國伸張「霸權」的文化工具。

現代化是發展中國家的「不歸路」。以目前現實環境看，在英語非母語的國家中，學生要選擇第二語言，英語成了首選，是順理成章的事了？

這麼說，英語成為世界語，已是不爭的事實了？因為在一般人的心目中，一種語言能躍登世界語的地位，當然是操此語言的人口凌駕其他語言之上。

這種說法，似是而非。克里斯特爾 (David Crystal) 新書 *English as a Global Language*，對此成見，有獨到的分析。

他認為「人頭數字觀」不可靠，因為在羅馬帝國時代，羅馬人的人口數字，雖然比其統治的「順民」少，但拉丁文卻是「國際語言」。

為什麼？因為羅馬人是主子，異族是奴隸。

更值得注意的是，羅馬帝國月落星沉後，羅馬公教（天主教）勢力不減，因此拉丁文在歐洲教育圈子中，繼續扮演了近千年的「國際語言」角色。

一七六五年沃利斯(John Wallis)為自己寫的英語文法一書作序，極有信心的說，這是一本專為外國學生學英文而寫的教科書。為什麼外國人要學英文？因為英文著作的文獻，「言之有物」者多，內容更無所不包。

證諸今天的發展，沃利斯的話，一點沒有誇大。

值得注意的是：沃利斯這本 *Grammar of the English Language*，是用拉丁文寫的。十八世紀的歐洲，學界的「世界語」，是拉丁文。

由此可見，決定一種語言能否成為世界語的因素，不在人口的多寡，而是「說話人」的身分與地位。

克里斯特爾的話，說得一點也不含糊。英語「君臨天下」，絕非因為文字本身的條件優厚。譬如說，比其他語言易學易懂。或比人家「美」。

說來說去，關鍵只有一個：赤裸裸的軍事、政治、經濟「三結合」造成的沛然莫之能禦的勢力。

意大利文的新詞中，有 cocacolonizzare 一字，最能點出英語霸權的面貌。此字乃 Coca-Cola 加 colonize 組成。想得真絕，世界人口，都給「可樂」淹沒了。

其實，英語在世界各種語言中領盡風騷，軍事、政治、和經濟的實力固是導因，但更不可忽視的，是這個既成的事實：英文已成為世界尖端科學文獻採用的共同語言 (lingua franca)。

你在某學科有石破天驚的發現，想在最短的時間內讓世界同行分享成果，捷徑是用英文在高檔學報發表。

當然這得假定，所有高科技的專門人才，都精通英語。

根據克里斯特爾所引的統計，一九八一年在科學刊物發表的生物學和物理學論文中，用英文寫的佔了85%。

如果今天再作統計，這個百分比絕對有增無減。

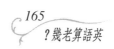

英語日漸成為世界「高知」共同語言的趨勢，可從語言學的發展看出來。一九九五年在 *Linguistics Abstracts* 列出的一千五百篇論文中，英文稿差不多佔了90%。

克里斯特爾說：電腦學的文獻，以英文發表的比例，應該更高。

正因突破性的科技文獻多用英語發表，歐洲一些「小國」如荷蘭，好些研究院的課程，均清一色用英語講授。

荷蘭的萊頓大學，乃歐洲漢學重鎮，代出名家，來此取經者，除本國子弟外，更有外籍研究生。英語授課，想當然耳。不但授課語言多為英語，該校漢學研究所教授如伊維德 (Wilt L. Idema) 的著作，亦多用英文出版。幾十年前藝驚漢學士林的高羅佩 (R. H. van Gulik)，雖不在萊頓任教，但其名著如 *Sexual Life in Ancient China*（《中國古代房事史》），也是用英文寫成的。

由此可見，即使在學術界中，要「揚名聲、顯父母」，也不得不向實用主義低頭。如果高羅佩當初堅持「固有文化本位」，用荷蘭文出版，那要成為世界知名漢學家，只有通過翻譯，譯成英文。

高羅佩自己英文了得。他研究的成果，是要公諸同好。既然如此，何不一落墨就用英文？

高羅佩捨荷文而用了英語作自己的職業語言，內心有什麼感受，我們不知道。但對某些背負著殖民記憶的作家而言，語言的選擇，代表族群自我的肯定，絕不能受「實用主義」或功利思想所左右。

克里斯特爾舉了 Ngugi wa Thiong'o 為例。

這位肯尼亞作家受的是「皇家」教育，但拒絕用英語寫作。因為令他難過的是，今天非洲不錯是獨立了，「但歐洲人依然沒有放棄對我們的人才、天才，與財富巧取豪奪。」

以下是他在 *Decolonising the Mind* (1986) 一書說的話：「歐洲人在十八、十九世紀從非洲盜取了珍貴的藝術品，給自己的房子和博物館作裝飾。在二十世紀的今天，他們竊取非洲人的智慧，用來豐富自己的語言和文化。非洲人要把自己的財富、政治、文化、語言、和愛國作家一一收為己有。」

這位作家說，在求學時期最難忘、也是最羞辱的一次經驗，是在學校附近說「母語」，給「有關方面」捉個正著。

如此「離經叛道」，當然沒有好結果。犯規學生不是脫褲子打屁股就是「懸牌示眾」，在頸上掛著一塊鐵板，上書 I AM STUPID 或 I AM A DONKEY 等字樣。

高羅佩或伊維德如受過類似的心靈烙印，對自己文章應否使用英語的權衡，也許會有另外一種看法。

法國人「排斥」英語，是因為「眼紅」。前殖民地政府排斥英語，是反殖情意結的流露，無所謂對與不對。正如肯尼亞總統 **Jomo Kenyatta** 在一九七四年任內時所說：「任何獨立政府的基礎，都是建立於自己國家的語言上。我們再不能跟著我們以前統治者的屁股走。」

他的話，可說是印度聖雄甘地言論的歷史迴響。早在一九〇八年，甘地沉重地說過：「讓千千萬萬的群眾認識英語，就等於驅使他們作奴隸。……如果我上法院，發言的媒介非用英語不可，這痛苦不痛苦？如果我當了律師，卻不能說自己的母語，事事要別人從我的母語給我翻譯成英文。你說這夠不夠痛苦？是不是荒謬得可以？這是不是受制為奴的徵象？」

甘地的邏輯，倒也簡單：印度如不及早擺脫英語世界的控制，當初何必爭取獨立？

他的話，說得斬釘截鐵。就他的身分與地位而言，也義無反顧。但他如果活到今天，細觀國際形勢的發展後，對英語排斥的態度，說不定會作些修正。我們看看克里斯特爾所舉的一個相關的例子。

一九七五年，新上任的英聯邦秘書長 (Secretary-General) Sridath Ramphal，走訪斯里蘭卡（錫蘭）總理 Sirimavo Bandaranaike 夫人，問她有什麼自己可以幫上忙的地方。

令秘書長大出意表的是，總理竟要求他多派些英語老師到斯里蘭卡來任教。

事緣：總理的先生二十年前推行的語言本土化 (Sinhalese)，不但落實，而且非常成功。因為到了七十年代，除了一些受過高等教育的人外，其餘草根階層，可說是英語文盲。

這情勢令總理焦急不已。不說別的，農民拆開外國進口的一袋袋肥田料，看著英文寫成的操作說明，只能乾瞪眼，如捧天書。

如此下去，她憂心斯里蘭卡很難完成現代化。

本文資料，除了有關「漢學」部分外，其餘均採自克里斯特爾的著作。但我草此文的用心，不單為了介紹 *English as a Global Language*，還立意據此借題發揮。

我上面引的「抗英」例子中，最極端的莫如肯尼亞作家 Ngugi wa Thiong'o 的「收歸國有」論。事實是否行得通，我們不必瞎猜。不過，小國寡民、貧窮落後的國家，面對英語世界浪潮的衝激，如何招架，的確兩難。

自己沒有深厚的文化基礎作平衡，全面豁出去的話，那恐怕真的「國亡無日」。到時所謂肯尼亞人，不過是虛有其表、黑皮膚的小英國人或美國人。

如果故步自封，不開放英語，那真要做到一切自給自足，不假外求。譬如說，不用人家的化學肥料，自己「土法」泡製。

土法煉鋼不利富國強兵。極端的民族主義分子言論，聽來使人血脈沸騰，實在於國於家無用。

香港父母為了子女將來能登龍門，均希望他們能上英語「名校」。證諸克里斯特爾所言，這種選擇，非常明智。再說一上了名校，英語再「頂呱呱」，不見得就會數典忘祖，或「不愛國」。

English as a Global Language 一書就三個基本問題發揮：一、什麼是世界語必具之條件？二、英語為什麼應是首選？三、這個盟主地位，可繼續維持下去麼？

上文已答覆了第一和第二個問題。

英語盟主的地位有誰可以取代？克里斯特爾認為目前看不到什麼跡象。「快譯通」這類電腦即時翻譯，到何時何日才進步到可以淘汰學習所有外語的需要，只有寫科幻小說的行家才有資格「狂想」。

因此，依目前形勢看，英語縱橫天下的日子，還會持續下去——直到美國的軍事、政治和經濟的實力，為一英語非母語的國家取代。

槍桿子出政權。政權決定強勢語言。那一天斯里蘭卡人民君臨天下，我們只得乖乖的去苦修Sinhalese作為母語外的一種語言。

寫到這裡，禁不住「自我感覺良好」，中國人比肯尼亞人畢竟幸福多了。真的，中華文化儘管有各種不足與不是，最少在抗「外侮」方面，能力比他們強多了。

Cocacolonizzare的威力再大，也不會使我們尊嚴盡喪，國格淪亡。這一點，我們有充分的信心。

English as a Global Language 該怎麼中譯，苦思數天，亦曾就教高明，但始終找不到自己滿意的答案。區區一個“as”，就害人不淺。「英語作為一種世界語」，固是可行，但我不喜歡「作為」，正如我不喜歡任何夾雜「進行」字樣的句子。

如果作者克里斯特爾肯定了英語是世界語，那好辦，*English as a Global Language* 可乾脆俐落的譯為「英語：世界語」就是。

但看了此書的內容後，知道他的題目，多少有些商榷性，作者自己還不敢「拍板」。這就是困難的地方。或者，我們可以來個「別開生面」的中譯書名。

《英語：世界語?!》

《信報》，一九九八年十月三十一日

一輩子的事

當英文老師的，想常會碰到同學問：「老師，怎樣才能把英文學好？」如果老師是你，你會怎麼回答？不想有什麼「創意」的話，現成答案多的是。一時想不起來也不要緊，勉勵同學多用功就是，錯不了的。

怎樣學好英文？這不是三言兩語說得清的問題。首先，我們要問：怎樣才算「好」？如果要學「好」的英文是所謂「實用英語」，那麼「好」的定義應是自己的英語能力可以應付工作的要求。

英語要講求實用，背生字時，如果意義相近的，取容易記憶的就是。江澤民說香港記者提問題，有時 too simple。細細想來，江主席想說的該是：你們問問題，too simplistic。

語言要實用，絕不能脫離日常生活或工作環境。到五星飯店吃牛排、或在五星飯店服侍客人吃牛排，無論如何要記得 rare, medium rare, medium, well done 這四個烤牛肉的層次。人家生日，當然要說 happy birthday 了。

這些例子，毫無疑問是實用英語。這種英文，只要有毅力、有恆心，是可以學「好」的。但要把一種外語的實用價值提升到「抽象」的層次，怎樣才能學得「好」，那可能是一生一世的事。這裡說的「好」，指的是書寫外語的能力。也就是說，自己下筆時，知道在 emotive 和 emotional 之間作什麼取捨。

中國人以英語寫學術文章，在文學批評範圍內卓然成家的，我前輩中有夏志清和劉若愚。同輩的有余國藩和李歐梵。他們在這領域浸淫久了，學術英文的章法和款式滾瓜爛熟，下筆自然得心應手。

上列四位教授，母語都是中文。他們的 academic English，「好」得不得了，沒話說。但這種身手，可不可以移用到創作上？譬如說，寫小說，會不會一樣得心應手？

李歐梵的《范柳原懺情錄》是書信體小說。他若用英文書寫，效果會怎樣？要就事論事，我們倒有現成例子：哈金的小說 *Waiting*（《等待》）。哈金是美國 Emory 大學英文教授。他的母語是中文，二十九歲才到美國唸研究院。

《等待》的故事，香港和台灣刊物早有介紹。與本文題旨有關的，是作者用第二語言創作的文字表現。

Ian Buruma 在 *The New York Review of Books* 的書評有這麼一句話：It is a bleak story told in cool and only occasionally awkward English prose。

「文字幽冷，只偶見沙石」，相當恭維的話了。Awkward 是「不自然」，或有點「彆扭」。可惜 Buruma 只點到為止，沒有舉實例。

細看哈金行文，確是很 cool，但《等待》中有些句子，我一邊唸一邊問自己：如果英文是作者的母語，這句話會不會這樣說？

限於篇幅，只舉一例。第五章中魏副政委跟吳曼娜談到讀書，他要借書給她看。他問："How about this? I'll lend you the book for a month..."

這句話既無「沙石」，也不彆扭。那麼「問題」出在那裡？依我看，什麼問題也沒有，只是 lend you the book 這種話，太「一板一眼」了。

那麼，英語是母語的作者會怎麼說呢？英語也是我的外語。在這問題上絕不敢造次。

如果硬著頭皮去捉刀，我大概會說："How about this? I'll let you keep the book for a month."或者："I'll let you have it for a month." 總之，我會盡量避免讓 lend you 這麼 formal 的說法在口語出現。

「怎樣才能把英文學好？」我自己也沒有答案。我只知道這是一輩子的事。

《明報月刊》，二〇〇一年五月號

別看到 dear 就想 kiss

近讀陳鈞潤先生刊於《信報》的大文，〈誰要考語文基準試〉，心有戚戚然。有關港式中文的種種失誤，時見有心人點出，因此這是個「老生常談」的題目。

我自己幾年前看到「是時候」你要什麼什麼了的句子，感覺如飛沙入眼，先後為文指出這種語法，不足為法。但劣幣繼續逐良幣，有什麼辦法？名門正派報紙記者、學貫中西的電視台新聞節目主持人，還不是我行我素，是時候、是時候的下去！

有鑑及此，我覺得自己也應該「是時候」閉嘴了。後現代的大氣候嘛，何必斤斤計較？拙荊與夫人原是二位一體，怎麼稱呼，is only a matter of perception。

千不該、萬不該，不該拜讀鈞潤先生鴻文，吹皺了一池春水，翻動了我的心事。哎呀，嗚呼哀哉！我們的港式中文到了後現代的什麼階段，還是抄錄一段請看官裁鑑吧：

「近期冠軍中文奇文，是強積金廣告之中那個『老了怎算？』設計者只懂廣東口語，卻既自鳴清高不肯寫出『老了點算？』又中文不夠班不懂寫正確書面語的『老了怎辦？』，就創出了這不三不四狗屁不通的四不像廣告標語！」

九七後香港特區政府提倡母語教學，一度不遺餘力。現在有關新聞少見上報，是不是已「胎死腹中」，不得而知。

幸好最高當局沒有提倡政府衙門和教資會轄下的高等學府公文「母語化」。若因一念之差而強制所有 memo 得用中文，那麼法令執行之日，便是香港中文百花齊放之時。怎見得？寫英文書信，八股不多。中文可費煞思量。大陸、台灣和香港，各有其體。所謂百花齊放，就是在來往的文件中，語言文字、上款下款的「章法」各有不同。董建華可能被稱作「尊貴的 No.1 先生」。政務司司長陳方安生收到的來函，說不定有一封是這麼開頭的：「陳女士粧次」。

像《秋水軒尺牘》這類參考資料不可恃，因為一不小心，就把前人的口吻引為己用，來個什麼「處長大人膝下，敬啟者」之類的上款。

日常所見的中文語病多不勝數。函件中「親愛的什麼什麼」，是西化中文最肉麻兮兮的惡例。這種“dear”fixation 流風所及，把“Oh, dear!”譯為「呵，親愛的！」，想是「晚有弟子傳芬芳」的大手筆。

語文的墮落，原因千絲萬縷，真是一言難盡。不動腦筋，那能「創意」？二三流的廣告「點子」，說穿了就是「文字毀容」，如把「興趣」寫成「性趣」、把「才華蓋世」的「才」加上「貝」字部首，成了「財」華蓋世。

茲抄錄本港八月一日一有歷史地位的大報新聞標題結束本文：「特首擬不出席民調聆訊」。內文是：「據本報獲悉，行政長官董建華正積極考慮拒絕港大調查委員會的邀請，……。」

「擬不出席」，大概是 plans not to 衍生出來的中文吧。是耶？非耶？敬請親愛的讀者垂察。

《明報月刊》，二○○○年九月號

【第六輯】

寂寞翻譯事

寂寞翻譯事

一九八五年簽約，由哥倫比亞大學和中文大學兩家出版社合力完成的 *Classical Chinese Literature: An Anthology of Translations*《含英咀華集》上卷，終於排除了各式各樣的技術和經濟困難，在六月出版了。所收作品，由上古到唐代。

兩位編者的排名次序是閔福德 (John Minford) 和劉紹銘 (Joseph S. M. Lau)。功不唐捐。當年想到要出這本選集的是我，但實際的編務，卻是閔福德教授執行。他花的心血，比我多好幾倍。

劉志俠先生《人在巴黎》，率先把這本一一七一頁的選集介紹給中文世界的讀者，閔福德教授和我感激不盡。

寂寞翻譯事，因為除了行家，一般讀者大概不會對翻譯作業背後的「生產」過程感到興趣。話雖如此，書既然出版了，我作為一個編者，覺得應該就本書緣起和翻譯上的一些問題，簡單的向讀者交代。

我一九六四年開始在美國教中國文學，用的都是英譯本。教材都靠拼湊影印充數。要向學生介紹的資料，苦無譯本，滋味極不好受。為了應付授課的需要，過去二十年，我先後和夏志清、李歐梵、馬幼垣、和葛浩文 (Howard Goldblatt) 四位教授合作過，分別出版了三本篇幅相當大的傳統和現代小說英譯。和葛浩文合編的《哥倫比亞中國現代文學選集》，雖兼收詩和散文，但小說還是佔了最大的篇幅。

編選一本包羅各朝代、各類型文字作品英譯的主意，雖早在七十年代末就想到，但計劃是否能實現，毫無把握。上下兩千多年的文學遺產要用另一種語文演繹出來，牽涉的範圍實在太廣闊了，絕非一個人可以負擔得來。

一九八五年春夏之交，我因公到了中文大學，有緣認識了兩位貴人：詹德隆先生和閔福德教授。他們兩位都是有心人，相談不久，就定下這本選集的出版計劃。

《含英咀華集》能得閔福德主持編務，可說不作第二人想。這位以英譯《石頭記》後四十回聞名於世的英國漢學家，對翻譯文字之要求，一絲不苟。如果不是因為他在這方面「求全」的執著，這本選集大概用不著拖到今天才面世。

我個人認為，翻譯文學的編選工作，最理想的搭子是由兩個運用兩種「相關母語」的專家來負責。

閔福德的母語是英文。我的母語是中文。但我在英語世界泡浸，前後也有三十多年了。美國學生的作業，當然是以他們的母語寫的。交來的功課，不是讀書報告就是專題論文，因此無論是格式或語言，都得遵守一些約定俗成的規矩。

其中一條是，他們寫的英文，應該有別於 "Gee, this is a great poem. I dig it." 這類「我手寫我口」的文字。

口語能否練得到家，與童年成長經驗有很大的關係。學母語的確得從母親（或乳娘）的懷抱開始。要是孩子一有記憶力，就聽到「月光光，照地堂，年卅晚，摘檳榔……」這一類的童謠，日後長大從事文字生涯，就比中學或大學才開始習中文的未來「漢學家」佔優勢。

對從事創作的人而言，兒時的文字記憶，有潛移默化作用，是一份寶貴的資產。日起有功，加上後天培養，自然會產生一種對文字的 gut feeling，一種立見高低的判斷能力。

我在美國教書時敢「不自量力」替「母語學生」改作業，所恃的無非是「學術英文」。學術英文有板有眼，有規可循，是一種「學無前後、達者為師」的 professional language。年紀比剛出道的同學大、書看得比他們多、「行規」比他們熟，在這方面就比他們佔便宜。

打了這麼一個大岔，不外想說明像《含英咀華集》這麼一本以英語讀者為對象的讀物，主持英譯的「頭牌編輯」，理應是個以英語為母語的專家。

John Minford 的英文，黑白二道，辯才無礙。英語運用不是到了隨心所欲的化境，怎可給狗嘴不出象牙、賣乖撒野慣了的韋小寶當翻譯？

我自己呢，不瞞你說，到了當爺爺的年紀才初識 Mirror mirror on the wall / who is the fairest of women all 這種「兒童讀物」。

英譯中出了謬誤，如把「方寸已亂」解作 this square inch is confused 的，識者一目瞭然。但編選《含英咀華集》涉及的，是另外一個層次。中國傳統文學的經典作品，大多早有英譯。地位特殊的，還有多種譯本。

就拿李白來說。百年來迷上這位「詩仙」的英美漢學家，不知凡幾。此外還有業餘的知音，如日本工程師 Shigeyoshi Obata（他的英譯早在一九二二年出版）。

選擇一多，真的教人不知怎生是好。閔福德和我為李白的英譯問題大傷過腦筋。一九八四年，Elling Eide 在美國南部一家相當「冷門」的出版社出版了 *Poems by Li Po*。我情商譯者寄我影印本。讀後真的「喜出望外」，馬上複印一份給閔福德。

他回信說：「李白有幸找到英語的代言人了。」

《含英咀華集》所收的李白傳世之作，大部分出自 Elling Eide 的譯筆。由我自己單獨負責從各家譯文中挑最「神似」李白的，我也是會以 Eide 為首選。能夠得到 Anglophone 拍檔唱和，自是信心的保證。

小說的英譯，更需要借助「母語耳朵」來鑑定翻譯出來的對白是否 the living speech，活的語言。英美出版社的 copy editor，相當我們的「責任編輯」，專門負責來稿的技術問題。我多年跟哥大出版社 copy editor 交往得來的心得，就是英語非母語譯者「失手」的地方，多屬口語範圍。

我們就隨便擬些例子湊合湊合吧。譬如說「有空就給我來個電話吧」。

譯文：When you're free, telephone me.

Copy editor 必會在句子旁邊打個問號。

你去信問道理。對方答曰：That is not the way people talk，話可不是這麼說的。差點沒說：這那裡像人話！

「母語人」會怎麼說？想是 Call me when you've time 吧。如果不 call，就 give me a ring。Give me a buzz 也可以，但聽來像「老粗」。

《含英咀華集》下卷將有大量小說戲曲出現。三言二拍故事中的對白，因襲說書人的傳統，自成一格。但傑出的小說創作，個別角色的語言，均有個性，如《西遊記》的悟空、《紅樓夢》的王熙鳳。要衡量那一家的譯文最傳神，又得仰賴自出娘胎就聽著 Once upon a time 長大的「夥計」去擔當了。

寂寞翻譯事。外國學生今天學中文，既有專家指導，辭典之類的參考工具應有盡有。幾百年前歐洲人到中國傳教、做生意、或跟「天朝」官府打交道要學中文，那的確是別有一番滋味。且聽十九世紀初的英國傳教士 William Milne 道來：「要學中文，身體應天生銅皮鐵骨。肺是鋼筋、頭是櫟木。手似彈簧鋼、目如鷹隼。使徒 (apostle) 的心胸、天使的記憶。壽若彭祖。」

這裡的「彭祖」，原文是 Methuselah，《聖經》中的以諾之子，據說壽長九六九歲，比彭祖還要多活一六九年。

《含英咀華集》所收譯文，絕大部分是近人手筆。偶採「古董」作品穿插，用意不在點綴，而是藉此機會給二三百年來的中西翻譯史留下一些「篳路襤褸」的痕跡。

此書因是對開山闢路的前輩心血一份敬禮。

《信報》，二〇〇〇年八月十九日

對聯英譯識小

梁羽生在新版《名聯觀止》（天地圖書）後記提到，陳寅恪曾說過對聯最具中國文學特色。

過去二三十年，美國大學研究院的「漢學生」，為了找博士論文題目，上窮碧落，不離不休的去找材料，務求成一家之言。但就個人所知，以對聯作為研究對象的，好像還沒有出現過。

對聯文學的特色，依梁羽生說，最少有三個：一是特殊性，「只有在中國文學才有，用其他國家文字絕對做不出對聯。」二是普遍性，中國人書房毛坑都可以掛對聯。三是精鍊性，短聯僅寥寥數字。

這些特色，應是博士論文的大好題目，怎麼會受冷落呢？說出來，道理簡單不過：

絕妙的對聯，多不能英譯。

中國舊詩詞，譯成英文，難免面目全非。但韻味雖然有損，原義或可保存一二。像「滄海月明珠有淚，藍田日暖玉生煙」這種名句，能得劉若愚 (James J. Y. Liu) 和 A. C. Graham 這種「解人」英譯，讀者亦可藉此欣賞到幾分晚唐詩「朦朧的美」。

《石頭記》中的「好了歌」，得 David Hawkes 賞識，隨後悟出了所謂「好了」，原來就是英文的 won done 關係。「贏」了，也就「輸」了。

這種翻譯，天衣無縫，雖說可遇不可求，但 Hawkes 的示範最少說明一點：中國的絕妙詩詞，遇上「高人」，還是有可能找到旗鼓相當翻譯的。

對聯可不是這回事。試看以下對子：

孫行者

胡適之

先引梁羽生的話介紹背景：「一九三二年，清華大學舉行新生入學試，國文一科由名史學家陳寅恪出試題，其中有一題就是做對子。出的對頭是『孫行者』，結果有一半以上的考生交了白卷。」

以「胡適之」對「孫行者」，梁羽生看來並不工整。他認為最貼切的配搭是「祖沖之」。祖沖之是南北朝時代的大數學家，「是全世界第一個把圓周率的準確數值算到小數點後七位數字的人。」

究竟胡、祖兩位，誰襯托孫行者最妥當，非本文討論之列。有心讀者，可參看梁羽生在《名聯觀止》內的解說。

我想說的，就是中國對聯文學為什麼不能翻譯的問題。我所懂的外語，能夠應用的，只有英文，因此本文所及的翻譯問題，也只限於英譯。

現且看看「孫行者」、「胡適之」用英文怎麼處理。

作者名字，音譯就是，因得 Hu Shizhi/Sun Xingzhe 二位。

如果從名取義，把行者看作佛寺中服雜役而未削髮為僧者，那麼孫行者該是 Sun Cleric。英譯《水滸傳》，有把行者武松的「行者」稱號解為 Cleric。孫行者，Sun Cleric 是也。

胡適之的名要意譯，大概是 Going Somewhere 吧，非常不倫不類。如果連他的姓也拿來解釋，就成問句 Where Are You Going 了。

對聯講究音韻對仗，不然就不能稱為對聯了。現在我們看看「英譯」孫行者／胡適之得到什麼效果：

Sun Cleric
Where Are You Going

如此「對聯」，慘不忍睹。如果英語讀者，偶一不慎，把「孫」的音譯 Sun 誤作「太陽」，那更後患無窮。Sunny Cleric / Where Are You Going?

任何學術論文，要討論一種文類的特色，總得舉例以明之。用英語討論中國對聯，就得把例子翻譯出來。若翻譯文字「一派胡言」，論文也不成體統。這也許是對聯文學尚未成為美國中文博士生「狩獵」對象的一個原因吧。

或曰以「孫行者／胡適之」為例，跡近兒戲。的確，這三字聯雖然應了陳寅恪所言，

「最易測出學生對中文的理解程度」，卻也失諸簡陋。以下舉的例子，眉目俱全，想是對聯應有的模樣：

有酒不妨邀月飲，
無錢那得食雲吞。

這是何淡如式的「怪聯」，以廣州俗語來配唐詩佳句。正如梁羽生所說，「妙趣横生，字面卻對得非常工整。」

要平鋪直敘的譯成英文，不難。難的地方是，「邀月飲／食雲吞」的對仗，英譯時會顧此失彼。Invite moon drink/eat cloud swallow，以「詞性」對仗看，動詞對動詞，名詞對名詞，確是工整。但在英語讀者看來，eat cloud 還勉強說得通，反正中國人鬧窮時也「吃西北風」。但 eat cloud 後復又 swallow，未免多此一舉了吧？

譯成英文，對仗成了怨偶，此路不通，只好捨意象之美而把粵語的「雲吞」普通話化作「餛飩」解。此聯英譯，因得兩個版本：

With wine on hand, why not invite the moon for a drink?

When you're broke, you can't afford to eat cloud and swallow.

第二版本第一行依舊。第二行稍作改動：when you're broke, you can't afford to eat meat dumplings.

兩種英譯，都是「歪詩」。為了忠於對仗的要求，「食雲吞」不能不譯作 eat cloud and swallow。結果當然令人一頭霧水，不明所指。

第二個版本。英譯，「透明度」不成問題。Meat dumplings 是有肉餡的餛飩。但意思雖然明白不過，句子卻了無生氣。這就是我前面說「邀月飲／食雲吞」的對仗，英譯時會顧此失彼的理由。

對諳粵語的讀者來說，何淡如的對子，風趣、幽默、鬼馬，對仗工整，「佳偶天成」。譬如說：「一拳打出眼火／對面睇見牙煙」。

首句是「普通話」，英譯不難。下句是廣東話，要英譯「牙煙」，就碰到「食雲吞」

那類取捨問題了。

「牙煙」實不好對付。如果不求對仗，意譯出來，在目前這個 context 內，應相當於 in a cold sweat。

但有些聯子，如果英譯，難度比「顧此失彼」還要複雜。朱恪超的《古今巧聯妙對趣話》提到這樣一個對子：

席上魚羊，鮮乎鮮矣
窗前女子，好者好之

原來清代有布衣汪儒揚，善屬聯。其才華極得宰相大小姐欣賞，乃竭力玉成他與待字閨中的妹妹婚事。

汪儒揚拿了大小姐親筆信去見宰相，得以禮相待，擺的魚羊席。「席間，宰相老爺頓生一念，出個對子考考汪的才學，申明『以聯招婿』。」

「席上魚羊，鮮乎鮮矣」這聯首，就是宰相即席占出來的。

當時剛好有幾個女子在窗外嘰嘰喳喳說笑。汪儒揚靈機一觸，隨口朗聲念道：「窗前女子，好者好之。」

朱恪超在聯後附了小析，近千字，未能全錄。簡單來說，此聯可貴，乃因以簡馭繁，區區十六字，就能把中國文字的組合與聲韻特色表露出來。

魚羊合併的筵席，既新「鮮」，又「鮮」見。事實是否既鮮又鮮，倒也不必計較了。

汪儒揚把「女」與「子」組合，誠屬「好」事。既是好事，君子「好」逑。

試用英文把席前景色演繹出來：

Rare and fresh indeed is this feast of fish and mutton.
Women by the window, who wouldn't love the lovely one?

比起 eat cloud and swallow 來，上面兩行較有歪詩格局。可惜的是，把英文兩個單字 fish 和 mutton 加起來，絕不會產生 rare 和 fresh 的聯想。

那麼 male（子）與 female（女）的組合呢？確有很大的想像空間，雖然絕不可能因這種組合而另鑄新詞，一如「女」加「子」併合起來即別有洞天，而「好」作動詞和形容詞用，也各有所指。

由上面幾種粗淺的例子得知，對聯英譯，可以休矣！

在所謂「髮型屋」流行前，香港的「飛髮佬」替人剪髮，也刮鬍子。此時也，理髮店門前若懸一聯：

問天下頭顱幾許

看老夫手段如何

髮型師傅，手執利器，確有橫刀躍馬、一夫當關的氣概，就想不通為什麼自己「手段」這麼高明，卻沒想有客人上門光顧。

Tell me, how many heads are there to count in this world?

Come, come, let them all try my humble skills.

這類聯子的英譯，比較容易處理，但譯出來的效果又是另一首歪詩。「頭顱」與「手段」，在原文對仗分明，驚心動魄。Heads 對 skills 教人摸不著頭腦。

對聯譯出來的句子獨欠對仗，落寞得如錯點鴛鴦。對聯和燈謎所代表的獨特中國文化面貌，翻譯確難取代。

蟲入鳳中飛去鳥
七人頭上一把草
大雨落在橫山上
半邊朋友不見了

要知這詩葫蘆裡賣的是什麼藥，除專心學習中文外，別無他法。

《信報》，二〇〇一年四月十日

翻譯的時代感

思果先生為翻譯界老前輩，中英文造詣深厚。線裝書讀得多，英譯中，得心應手。最近他在《明報月刊》（三月號）有文談到〈傳神：譯文不信的雅〉。他看到 Everything in the universe is continuously integrating and disintegrating 一句，便想起了《三國演義》：「話說天下大勢，分久必合，合久必分……。」

果然是「天衣無縫」的巧合。當然，譯者不能把羅貫中的話一字不易的搬過來，否則罪犯剽竊。不過，誰能把 integrate 和 disintegrate 乾乾淨淨的看作「合」和「分」，已把握到翻譯神髓，不再為字典定義所左右。

有這種中文修養，其他問題自會觸類旁通。「腹有詩書氣自華」，說的端的不錯。今天在大學主修翻譯的學子，在鑽研翻譯理論前，當務之急是把語文基礎打好。而學習語文，沒有什麼捷徑，靠的還是讀書。讀書。讀書。

思果先生還舉了些其他可說是 seamless（天衣無縫）的例子，如把 There are no limitations to the self except those you believe in，譯為：「人的一己本來沒有局限，除非你畫地為牢。」

「畫地為牢」，用得恰到好處，誠如四川人說的，「硬是要得！」

思果所舉的例，值得商榷的，僅有 introvert 譯成「性格內向」是否適當的問題。這譯法是朋友提出來向他討教的，「說的是兩個青年，一個出身名門，家裡有錢有勢，另一個是清寒子弟。文裡說到這另一個性格屬於 introvert 一流，我朋友問我照字典解釋為『性格內向』可好？……他知道我不很喜歡用這種新詞，所以才向我提出。我當然也覺得用這個詞語沒有問題。不過我不免想起了賈寶玉初會秦鐘，記得《紅樓夢》裡用了『靦覥』來描寫秦鐘。這個詞當然不是『性格內向』，不過我以為，他們兩個人初見，秦鐘的表現和朋友提出的那個青年的完全一樣。我們在沒有和西方的新心理學接觸以前，遇到這種情形，只有用『靦覥』。」

「靦覥」是 introvert 性格的一面。思果的聯想，合情合理。問題是，如果上述「那個青年」是「新人類」的一族，那我覺得稱他「性格內向」會比「靦覥」有時代感。

西方學界認為文學經典著作，每隔二三十年，應有新一代的翻譯，就是為了反映時代感。Constance Garnett 英譯十九世紀俄國小說，名噪一時。可是她的譯筆，在今天看來，再不是「活的語言」(the living speech)。托爾斯泰和杜思妥也夫斯基等大家的小說，不斷有新譯本出現，出發點是基於語言和時代感性的考慮。時代感性，也是一種風情。《聖經》新譯，用心亦如此。除了文字翻新，還要修理「封建殘餘」，如父權思想。

思果先生提到譯者在「中文之書裡找字詞，太古的不宜，如《詩經》、《楚辭》，用了現在的人不懂的多。……最好是章回小說、明清筆記。」

此說甚是。只希望今天的後生小子，看書不忘查字典。不然看了章回小說後，不分青紅皂白，把 your wife, my wife, his wife 一律視為「渾家」。此時也，自己就成了翻譯界的大渾蛋。

《信報》，一九九八年三月二十一日

《鹿鼎記》英譯漫談

(一)

閔福德 (John Minford) 英譯《鹿鼎記》，從開始構想到牛津版 *The Deer & the Cauldron* 第一冊在一九九七年面世①，已近十年。我個人對此翻譯盛事，一直關心得要緊。原因有細說的必要。

首先，這跟我的職業有關。在我一九九四年回到香港嶺南學院服務前的二十年，都在美國教書。所開的中國文學課程，除研究院的科目外，其他教材均為英譯。每學期為學生開書單，都傷透腦筋。一來選用的「名著」，不一定有英譯。二來即使有譯本，文字不一定清通可靠。

但更頭痛的是，即使所有我們認為是名著的作品都有英譯，外國學生也不見得會受用。譯作等身的英國學者詹納(W. J. F. Jenner)就慨歎過，魯迅的地位和作品，對中國學生說來是一回事，拿給不知有漢的外國學生看，又是另一回事。②語文的隔膜，是個原因。不說別的，〈孔乙己〉中的孔乙己，名字就有千絲萬縷的歷史文化關係，非翻譯所能解決的。

要外國讀者看得下去的中國文學作品，除了文字因素外，還要講內容。層次高一點的說，閱讀這些充滿「異國情調」的作品，會不會增加他們對人生的了解？俗一點說，這些作品，讀來過不過癮？說這些話，實在洩氣，也失學術尊嚴。但擺在眼前的事實，卻現實不過。今天的學子，無不以「顧客」身分自居。中國文學是中文系學生的必修科，老師要教什麼，就念什麼。

外系學生無此限制。他們來上課，原因不外兩種。一是為了滿足求知欲。這類學子，至情至聖，因此鳳毛麟角。如果學校以「盈虧」的生意眼光作準則，一門課最少要有十個學生選修才能開班的話，那做老師的，絕不能把這類學生看作「基本顧客」，因為他們可遇不可求。

比較可靠的，是那些為了湊學分而來的外系學生。一般大學為了符合「通識教育」的宗旨，規定所有學生必修若干人文科的課。中國文學正好是人文學科的一門。

在中文課程以選修學生多寡來決定學科價值輕重的今天，仍能苦撐下去，靠的就是要為湊學分而來的「散兵游勇」。

本科生讀中國文學，不管念得下去或念不下去還是要念下去。

「散兵游勇」呢，總不會這麼輕易受擺布，因為除了中國文學，還有別的人文學科可選擇。作品讀來不過癮，是否還會繼續上課，實在很難說得準。

究竟這些「游離分子」要看那些東西才能看得下去，也是無法揣測的。根據詹納的經驗，作品要引起他們注意，得要在內容與形式上給他們一種「與別不同」的感覺。也就是他所說的 different。

怎樣才算 different？

他說如果要在一九四九年前成名的作家中挑選，他會選譯沈從文，特別是寫湘西風土人情那系列。這類作品不但外國人看來 different，連一向以為自己熟悉本土風貌的中國人，讀來也會覺得耳目一新。

另外一個詹納想到要推薦的作家是老舍。沈從文最難忘情的是山水。老舍筆下的人物，都在都市紅塵中打滾。

這二家的小說，相映成趣。

除此以外，上榜的還有蕭紅《呼蘭河傳》和《生死場》和路翎《財主底兒女們》。

以上的論點，是詹納教授的「一家之言」。問題也出在這裡：他認為是 different 的作品，外國學生和讀者不見得就念得下去。說來說去，讀者對作品的承受能力，關乎個人的教育程度、藝術品味和生活經驗。

在感情認同方面，作品本身的文化成分與讀者的「種族」(ethnic) 背景，有時會互相干擾，影響到美學上的獨立判斷。

關於這一點，討論到英譯《鹿鼎記》的讀者反應時，將再補充。

(二)

英譯《鹿鼎記》的試行版（兩回），一九九三年在澳洲國立大學學報《東亞史》發表

③。閔福德私下相告，譯者掛的雖然是他一個人的名字，但實際的翻譯工作，霍克思(David Hawkes)教授一直參與其事。第一回〈縱橫鉤黨清流禍／峭蒨風期月旦評〉就是出自他的譯筆。

原來這位世界知名的《楚辭》和《石頭記》譯者，在閔福德翻譯計劃中扮演的竟是「幕後英雄」的角色。

我收到閔福德寄來的試行本，如獲至寶。記得我當時第一個反應是：要看 different 的中國文學作品的讀者有福了。

武俠小說英譯，不自閔福德始。而且翻譯的對象，也不限於金庸。我對《鹿鼎記》英譯如此重視，簡單的說，是因為這一本 different 類型的中國文學作品，英譯深慶得人：閔福德曾與霍克思合譯《石頭記》（後四十回），他是位 different 的翻譯學者。

閔福德這位 different 的譯者特別適合翻譯在武俠小說類型中「離經叛道」的《鹿鼎記》，他的英文造詣「異樣」的風流，措詞遣句，處處得心應手，當然是先決條件。另外一個原因，是他的文學趣味：他對離經叛道的作品和人物偏愛有加。

這可在他為試行本所寫的長序看出端倪：「韋小寶是中國小說中難忘的角色。一如孫悟空、賈寶玉、阿Q這類人物那樣給人留下深刻印象。」④

齊天大聖，反動祖宗。怡紅公子，「于國于家無望」。癩子阿Q，左道旁門。他們所代表的一切，都與儒家「先天下之憂而憂」的承擔精神背道而馳。

事實上，外國學者中像閔福德對中國文化「離經叛道」的一面如此另眼相看的，現象相當普遍。儒道二家，在西方世界較受重視的，多是老莊。唐詩的詩聖詩仙，總是李白領風騷。

在文學作品裡追求 different 的經驗，應該是西方人不愛隨波逐流、「個人主義」精神的反映。

閔德福當然不是韋小寶。但作為這位「反英雄」轉生到英語世界的引渡人，閔福德可以拒絕認同這小子的各種荒唐行徑，但卻萬萬不能討厭他。

譯者過的，是一種「借來的生命」。靠的是緣分。自己有話要說，從事創作好了，但如果覺得自己的話了無新意，或話說得不像人家那麼漂亮、那麼恰到好處，最好找代言人。

所謂「借來的生命」，就是這個意思。

有關譯者與作者「緣分」之說，閔福德在近作 'Kungfu in Translation, Translation as Kungfu' 一文[5]，舉例具體而微。

其中一例，是霍克思譯《石頭記》因緣。霍氏為了全心全力投入這項「十年辛苦不尋常」的譯作，不惜辭去牛津大學講座教授的職位。

閔福德認為嚴復的「信、雅、達」三律，扼要切實，永不會過時。若要補充，或可從錢鍾書說，再加一律：「化」。

「化」的英譯，閔福德提供了兩個：transformation 或 transmutation。

要達「化」境，需要在重鑄、重塑、重著、重組 (recasting) 諸方面下工夫。

他拿了曹雪芹自認「風塵碌碌、一事無成」而感懷身世的序言，與霍克思的譯文對照，赫然發覺空空道人竟坐在威爾斯鄉下一間牧人的房子內，「蓬牖茅椽，繩床瓦灶」，喝著 hot Whisky Toddy。

霍克思退休後，有一段時間隱居威爾斯。曹雪芹坐著喝熱酒的羊倌屋，應該是他的鄉居。

閔福德這一招，是「烘雲托月」。他要說的，無非是譯者投入原著的感情世界越深，譯文越能進入「化」境。

我們細讀霍氏譯文，的確正如閔福德所說，絲毫不露翻譯痕跡。如果曹雪芹的母語是英文，*The Story of the Stone* 的英文，配得上說是他的手筆。

(三)

但在翻譯史上，像曹雪芹與霍克思這種配搭，的確講緣分。「緣」是天作之合。閔福德譯《鹿鼎記》，也有緣分：他忍不住喜歡韋小寶這角色。他看《鹿鼎記》，看得過癮，因此決定帶小寶「西遊」，希望英語世界的讀者也能分享譯者的樂趣。

據他在試行本的序言說，他譯《鹿鼎記》的志趣，如此而已。閔福德使盡多年修煉得來的翻譯「功夫」，務使英語讀者能像他一樣的投入韋小寶的世界，這個宏願，可以達到麼？

要知真相，得做讀者反應調查，或看書的銷量數字。這些資料既付闕如，我們只能循別的途徑，推測英譯《鹿鼎記》對西方讀者的閱讀經驗可能產生的效果。

首先，以翻譯論翻譯，閔福德譯文得到沈雙這樣的評語：

> 僅從譯者對細節、名詞、敘事者的語氣和節奏的重視上，就不難看出閔福德的確試圖重現金庸整體的小說世界。譯者曾經戲稱金庸的敘事風格是「具有欺騙性的流暢」。其實他的譯文也具有同樣的風格，因為譯文的流暢是在譯者嚴謹的解釋、周密的考慮，以及將近六年的翻譯和校對的基礎上達到的。雖然譯文讀起來很像讀金庸的白話文言文的感覺，既典雅又通俗，任何有一定翻譯經驗的讀者都可以不時在文中發現譯者獨具匠心的痕跡。⑥

雖然沈雙也指出了譯文若干不逮之處，如沒有襯托出「韋小寶舉止言行有深刻的反諷和寓言的意義」（頁七五），但大體來說，他給予譯文相當高的評價，這可從以上引文看出來。

有關《鹿鼎記》英譯之得失，在沈雙的文章出現以前，有 Liu Ching-chih（劉靖之）編的特輯：*The Question of Reception: Martial Arts Fiction in English Translation*（《英譯武

俠小說——讀者反應與迴響》。裡面有五篇專論談到翻譯的技術問題。

要討論譯文的細節，即使僅是抽樣，也見繁瑣。不說別的，單是「江湖」一詞的英譯，已公案連連，難望有什麼結論。閔福德在中文典籍上窮碧落下黃泉，深究其義，自己是融會貫通了，可在英文偏找不出一個所謂 dynamic equivalent 來。由此我們可以看出在兩種語文之間，有許多東西是難劃對等號的。

「少年子弟江湖老」，說的是滄桑。江湖究竟何所指，在作者而言，一說成俗。但譯者卻不能裝糊塗，好歹也得自己拍板定案。在《鹿鼎記》的範圍內，他用了 the Brotherhood of River and Lake，可說只是因時因地制宜的選擇。

不過，要知《鹿鼎記》的翻譯能否達成他與讀者分享的願望，先得要弄清楚他要爭取的，是那一類讀者。這一點，他在 'Kungfu in Translation, Translation as Kungfu' 一文有交代。

他心儀的，是韋理 (Arthur Waley) 那類翻譯家：那類講究譯者作者緣分和讀者反應的翻譯家。韋理終身從事中日文學翻譯。據閔福德所說，他最受不了的，是「漢學家」——那種專愛在「江湖」英譯上鑽牛角尖的人。這類「好事者」上門找他，說不定他會一語不發就消失在自己的玫瑰園中。

閔福德是《石頭記》後四十回的譯者，英文造詣，有大家風範。他因迷上了韋小寶而翻譯《鹿鼎記》，說明了譯者作者間很夠緣分。條件既這麼配合，那麼韋小寶西遊，會不會像當年韋理帶孫悟空以 Monkey 名義西征那麼熱鬧呢？

《鹿鼎記》英譯分為三冊，尚有兩冊未出版，因此現時尚無答案。不過，如果拿 Barbara Koh 在《新聞周刊》⑦的書評作推測的話，韋小寶西行，會有風險。

Barbara Koh 一語道破：單是那長達十七頁的人名、地名、術語和年代紀事表已令人「目為之眩」。

當然，對中國歷史、文物和政制全無興趣的讀者，可以把這些資料擱在一邊。《鹿鼎記》既是 martial arts fiction，最少在武鬥場面有瞄頭的。

可惜的是，正如 Barbara Koh 所說，像「南海禮佛」、「水中捉月」、或「仙鶴梳翎」這些功夫招數，譯成英文，在文化背景截然不同的讀者看來，實難明其「草蛇灰線」。

金庸自己承認全不懂功夫。這些招數，也許全屬子虛烏有。如果看的是原文，明知是假，因其術語頗見「詩意」，想也不會見怪。

看翻譯過來的術語，卻不是這回事。Monkey Picking Fruit（猴子採桃），原文語意相關，既雅且俗。要用注釋一一解說，那與韋理譯《西遊記》和霍克思譯《石頭記》所代表的傳統背道而馳。

不解釋，那麼猴子採桃，尋常事耳，沒什麼看頭？

功夫之於武俠小說，猶如男歡女愛之於言情作品，一樣是不可或缺的元素。《鹿鼎記》雖屬「反武俠小說」的類型，但一樣離不開武打，而且還好戲連場。

如果 Barbara Koh 的看法反映了一般英語讀者的觀點，那小寶西遊，場面恐怕會冷落。正如這位書評人所說，書中的連番廝殺，看多了，也教人煩厭。

(四)

英譯《鹿鼎記》難討好外國讀者，除了上述各種技術困難外，還有一個障礙：因為這是一本徹頭徹尾的中國成年人童話。書中的大漢情懷，濃得不可開交。

《紅樓夢》也是一本「很中國」的書，但曹雪芹的出世思想，雖不能說放諸四海而皆準，卻有相當普遍性。寶玉的前世今生，是色是空、好是了、了是好的認知最戲劇化的演繹。「白茫茫一片真乾淨」的境界，對渴求解脫的西方讀者，一樣有莫大的吸引力。

《鹿鼎記》的情節，以「反清復明」為架構。正如天地會的誓言所載：「會齊洪家兵百萬/反離韃子伴真龍」。可是，由於讀者在本書所認識的康熙，是透過韋小寶對「小玄子」的情感而擠濾出來的，因此讀者即使是漢人，也會在不知不覺間受到小寶感染，跟這位「韃子」皇帝認同起來。

這種漢人跟「異族」的恩恩怨怨，正好給予從來沒有什麼「民族大義」襟懷的韋小寶縱橫捭闔、呼風喚雨的空間和機會，也製造了人情上的矛盾和衝突。書中許多驚險百出，扣人心絃的段落，就是這種矛盾和衝突所產生的。

能夠掌握到這些微妙關節，會增加對全書宏觀的了解。但對外國讀者而言，漢族和滿族過去那段歷史過節，既陌生、又遙遠，跟自己實難拉上什麼風馬牛的關係。因此興趣泛泛。

《鹿鼎記》令西方讀者覺得「異化」，這又是一個例。

法國學者 Jacque Pimpaneau 有此一說：「中國的武俠小說常見外國人穿插其間。瀰漫於這種作品的，是一段段漫長的抗『夷』滅『狄』仇外史。在金庸的小說中，各路英雄好漢開始合力抗清。後來康熙得了民心，被推為賢主，只好找俄國人上台充數，當壞蛋。」⑧

Pimpaneau 的話，說得不錯。但要知這部小說的「仇外」部分怎麼「異化」西方讀者，危令敦在〈小寶西遊？試論「鹿鼎記」英譯〉⑨一文所舉的幾個例子，說得更為具體。

「英語讀者難以接受的，恐怕還是《鹿鼎記》後半部所渲染的滿清帝國鼎盛時期的國力。……在第四十六回，口沒遮攔的小寶對施琅道：『男子漢大丈夫，總要打外國鬼子才了不起。中國人殺中國人，殺得再多，也不算好漢。』」（頁九〇－九一）

《鹿鼎記》神化韋小寶，的確無所不用其極。話說他「征服」了羅剎公主蘇菲亞後，離開時還送上自己裸體石雕像，讓公主在宮中觀摩賞玩。「據說後來石像毀於宮廷政變，其下體殘片流入民間，成為羅剎婦女撫拜求子的聖物，十分靈驗云云。中華的男性及民族沙文心態，表露無遺」。（頁九一）

小寶與羅剎公主那段香火緣，是「征服異族」的具體表現。因此所謂「仇外」實在男女有別。正如危令敦所說：

《鹿鼎記》雖然允許小寶胡天胡帝，但拒絕讓中華女性成為洋人的欲望對象。小寶親娘身陷風塵經年，迎送的嫖客之多，漢滿蒙回藏都有，儼然中華「民族團結」的大使。在接客的「大是大非」問題前，韋母充滿「民族大義」，訓斥起小寶來，絕不含糊：「你當你娘是爛婊子嗎？連外國鬼子也接？辣塊媽媽、羅剎鬼、紅毛鬼到麗春院來，老娘用大掃帚拍了出去。」（頁九二）

難怪危令敦擲筆歎道：「閱讀至此，英語讀者能不駭然？」（頁九二）《鹿鼎記》流露的大漢沙文主義，身為譯者的閔福德，當然比一般的「英語讀者」先知先覺。他在《鹿鼎記》英譯本的序言就告訴讀者，金庸對自己的中國血統，非常驕傲，而這種「引以為榮」的心態，在他所有的作品中表露無遺。

且抄他一段自白：

宋偉傑博士專門研究我的小說，……他說我不知不覺地把漢文化看得高於其他少數民族文化。我的確是如此，過去是這樣看，現在還這樣看。……少數民族學習漢文化時，放棄一點自己的文化，並不吃虧，反而提高了。少數民族的文化也影響漢文化。⑩

滿洲人「放棄」了自己文化，因此不再是「韃子」，而是漢人的同胞，漢滿互相通婚，再無誰「征服」誰的問題。

羅剎人如「歸順」中國，衣冠文物也向「天朝」看齊，自然也可以做咱們的「同胞」。但他們「怙惡不悛」，拒受文明洗禮，「婦道人家」只好在《鹿鼎記》中受小寶「征服」！

由此我們認識到，西方讀者看《鹿鼎記》，要看得像中國人那麼「過癮」，在心態上先要「歸化」中國，最少在精神上做個「炎黃子孫」。

閔福德教授嫻熟中國史，深知《鹿鼎記》所流露的「大漢沙文主義」，是「隔代遺傳」的記憶，因此見怪不怪。

其他英語讀者呢？套用英國人一句口頭禪，they wouldn't be amused，一點也不覺得好玩。

韋小寶的確是個 different 的角色，但看來不會在西方受歡迎。

註釋：

① Louis Cha, *The Deer & the Cauldron: The First Book*, trans. John Minford, Hong Kong: Oxford University Press, 1997.

② W. J. F. Jenner, "Insuperable Barriers? Some Thoughts on the Reception of Chinese Writing in English Translation," in *Worlds Apart: Recent Chinese Writing and Its Audiences*, ed. Howard Goldblatt, Armonk, N. Y.: M. E. Sharpe, 1990, pp. 177–197.

③ John Minford, trans., *The Deer and the Cauldron: The Adventures of a Chinese Trickster. Two Chapters from a Novel by Louis Cha,* reprinted from *East Asian History 5* (June 1993), Canberra: Institute of Advanced Studies, Australian National University, 1994.

④ John Minford, Translator's Introduction, in *The Deer and the Cauldron: The Adventures of a Chinese Trickster. Two Chapters from a Novel by Louis Cha*, p. 10.

⑤ John Minford, "Kungfu in Translation, Translation as Kungfu," in *The Question of Reception: Martial Arts Fiction in English Translation*, ed. Liu Ching-chih, Hong Kong: Centre for Literature and Translation, Lingnan College, 1997, pp. 1–40.

⑥沈雙：〈評閔福德的「鹿鼎記」英譯〉，《明報月刊》，一九九八年八月號，頁七一。

⑦Barbara Koh, "A Trinket for the West: Will Louis Cha Win over Readers in English?" *Newsweek*, 11 May 1998, p. 61.

⑧Jacque Pimpaneau, "Chinese Wu-hsia Hsia-shuo and Their Western Counterparts"（〈談中西武俠小說〉），《武俠小說論》（劉紹銘、陳永明編，香港：明河社，一九九八年），上卷，頁三六三。

⑨危令敦：〈小寶西遊？：試論「鹿鼎記」英譯〉，《英譯武俠小說——讀者反應與迴響》（劉靖之編，香港：嶺南學院文學與翻譯研究中心，一九九七年），頁八三－九四。

⑩金庸：〈小說創作的幾點思考〉，《明報月刊》，一九九八年八月號，頁四九－五〇。

三民叢刊的人文關懷

（本局另備有「三民叢刊」之完整目錄，歡迎索取）

08 細微的一炷香

劉紹銘 著

本書書名取自作者於六四天安門事件後洩孤憤、遣悲懷的同名紀念文字，書中論述對象雖東西有別，但一貫精神則是對家國的關懷及深沉的期望，真情俱見其中。

●相關閱讀：未能忘情、靈魂的按摩……

13 梭羅與中國

陳長房 著

全書自比較文學的宏觀視野，探討美國作家梭羅與中國儒家、道家思想之間錯綜交疊的因緣。有文學史的考量，也有各別作品的細讀。在在展示作者圓融客觀、博雅精到的學識論斷。

31 與世界文壇對話

鄭樹森 著

沒有一個國家的文學可以完全閉關自守，只有密切注意其他地區的文學發展，才能在本土文學的基礎上壯大自己。本書收錄二十四篇專訪，對當代世界文學趨勢，有深入剴切的分析。

●相關閱讀：從現代到當代……

32 捉狂下的興嘆

南方朔 著

捉狂、聒噪的語言遊戲，推動人們前行，卻也浮出了糟粕和歷史的殘餘。「民間學者」南方朔，在充滿機會主義的價值錯亂之時，勤學深思。他的興嘆，也正是大家共同的興嘆！

●相關閱讀：文化啟示錄……